古典文獻研究輯刊

二三編

曾永義 主編

第 15 冊

西江流域龍母傳說的嬗變

徐亞娟 著

國家圖書館出版品預行編目資料

西江流域龍母傳說的嬗變／徐亞娟 著 -- 初版 -- 新北市：花木
蘭文化事業有限公司，2021〔民110〕
序 4+ 目 4+160 面；19×26 公分
（古典文學研究輯刊　二三編；第 15 冊）
ISBN 978-986-518-354-7（精裝）
1. 民間信仰 2. 俗民文化 3. 中國
820.8　　　　　　　　　　　　　　　　　　110000430

ISBN-978-986-518-354-7

古典文學研究輯刊
二三編　第十五冊　　　　　　ISBN：978-986-518-354-7

西江流域龍母傳說的嬗變

作　　者　徐亞娟
主　　編　曾永義
總 編 輯　杜潔祥
副總編輯　楊嘉樂
編　　輯　許郁翎、張雅淋　美術編輯　陳逸婷
出　　版　花木蘭文化事業有限公司
發 行 人　高小娟
聯絡地址　235 新北市中和區中安街七二號十三樓
　　　　　電話：02-2923-1455／傳真：02-2923-1452
網　　址　http://www.huamulan.tw 信箱 service@huamulans.com
印　　刷　普羅文化出版廣告事業
初　　版　2021 年 3 月
全書字數　120559 字
定　　價　二三編 31 冊（精裝）台幣 82,000 元

西江流域龍母傳說的嬗變

徐亞娟 著

作者簡介

徐亞娟，國家圖書館副研究館員，中國社會科學院世界歷史所博士後，中外關係史學會理事，專司西文善本古籍整理及古籍數字化相關工作，精於西文善本古籍鑒定。主要研究方向為中外關係史、西文善本版本學、少數民族文學，曾發表《乾嘉之際英人的中國經驗——以馬戛爾尼使團成員的「中國著述」為中心》、《揄揚與貶抑——明清之際英國學人的中國觀》、《龍母傳說中的壯民族文化因子》等多篇學術論文，承擔了《羌族釋比及釋比文化研究》等多項省部級科研項目，出版《羌族釋比唱經》等成果。

提　要

　　龍母傳說起源於西江流域，從先秦遠古流傳至今，在全國多個地域廣泛承傳且意義深遠。龍母信仰更是影響香港、澳門和東南亞地區。本書以發端於西江流域的龍母傳說為研究對象，通過多側面、多視角的考證，引導人們對龍母傳說的發端、嬗變和影響情況進行本真的認識，這是本課題立意所在。

　　筆者借鑒中西學界前賢和時彥的傳說學研究成果，運用文獻考證的方法，力圖從口頭傳統和書寫傳統、文本與過程交互影響的層面，分析西江流域龍母傳說的嬗變軌跡；結合大量的田野資料和考古發現，筆者將西江流域龍母傳說的遷播分為原生態掘尾蛇傳說和次生態掘尾龍傳說兩個階段，並以此為個案，探討田野作業和文本分析相結合的傳說研究方法，展望當代口頭文化遺產的發展前景。

　　龍母傳說是一個既與歷史又與現實緊密相聯的動態研究對象，對西江流域各民族的社會生活和民俗文化有著極為廣泛深刻的影響，其中蘊藏著豐富多彩的壯漢民族歷史文化底蘊，涵蓋傳說學、文化學、民族學、考古學、民俗學、社會學、哲學及宗教學等多種人文學科領域，形成一個相當廣闊的學術空間。

序

梁庭望

　　徐亞娟的新著《西江流域龍母傳說的嬗變》給了我一個驚喜，多年以來，我一直在期望有一部比較宏大的龍母文化論著，現在終於如願以償。龍母文化屬於西江流域著名的古老文化，影響深遠。在壯族中，起碼在先秦就流行，新中國成立前，每年農曆三月初三，整個壯族地區家家戶戶蒸食五色飯迎接斷尾蛇龍。此節日綿延兩千多年之久。龍母文化中的角色，龍母壟斷到底，沒有父輩的身影，可見是屬於女性氏族時代。大約萌芽於先秦的壯族麼經，就說南海蛟龍登岸化身為小夥子，夜與農家姑娘同宿，女懷孕生男嬰，長大後拿弓箭保衛南海，可見龍母傳說的特殊意義。但過去的研究情節單元分散，沒有像《西江流域龍母傳說的嬗變》這樣彙集完整。這部新著雖然還不能說盡善盡美，但她視野開闊，資料宏富，提煉中規，破解準確，讚頌民族團結，多有創見，是一部比較全面、比較深刻，多有啟迪的新著。

　　從研究史略開始，作者就把人的思緒拉到了雲飛逸，在縱向上，從秦漢經唐宋到元明清，龍母文化以文人墨客獵奇、歷代官方誥敕、民間傳說愈加豐滿，三條線交叉纏繞發展至今。在橫向上，像乘著無人機瀏覽了神州大地，從西江的西江流域到湘南、西南，往北經過江浙、山東直抵東北黑龍江；在敘述上，從古到今對各家所說評說有致，多有創見。西江精彩紛呈的傳說不說，山東禿尾巴老李、浙江老白龍、江蘇蛋生龍、北京延慶蘋果龍、雲南大理白族龍……都在文中露面。總之，給人予視野開闊、思維馳騁之感。這就為採取比較研究法創造了條件。

　　但能夠為此著奠定堅實根基的是資料的宏富。考以往與龍母有關的文章、著作，往往集中在一地一事，看不到全貌。本著作則幾乎囊括包括記錄本、

轉錄本、轉述本、引用本古今相關資料。從《史記》開始，歷經《搜神記》、《搜神後記》、《南越志》、《嶺表錄異》、《太平寰宇記》，一直到明清府州志、廟碑，凡涉及到龍母的，盡收其中。不僅如此，書中還容納了作者實地調查獲得的寶貴材料，包括在調查中得到的 22 則口頭傳說，以及西江流域鄉村社會環境、歷史、地理、政治、經濟、文化大量的資料，對相關具體地域文獻和地方學者著作的孤僻資料，哪怕將近一域，亦視為寶而不棄。這適於建立母題分析研究法平臺。

本書不是對龍母文化進行平面簡述，而是進行提煉，得出了令人回味的結論。例如作者提煉了情節單元，提煉出壯漢兩種相近而不完全相同的情節，壯族為收蛇、養蛇、斷尾、化龍、葬母、掃墓；漢族為蛋生龍、畜龍、斷尾、離家、葬母、移墓、掃墓、始皇欲聘。漢族掘尾龍情節演化有一個過程，作者認為，秦統一嶺南後漢族進入嶺南，接受了壯族的掘蛇神，將其改造為掘尾龍，歷經三個階段：雛型階段─秦漢到南北朝；成型階段─唐宋；定性階段─明清，這個提煉是比較準確地，給人很大的啟示。

以往的研究，圍繞著以粵西悅城和桂東梧州、藤縣為圓圈，反反覆覆傳播兩千年，就是不與嶺南原住民掛鉤，龍母傳說中核心部分的若干壯語詞彙被晾在一邊，結果是不知所云，無法溯源。徐亞娟文本在論述掘尾龍形成過程和特點之後，在第五章「龍母傳說蘊藏的壯民族文化因子」中的「語言文字學提供的信息」一節，一連提供了三類語言龍蛇稱謂、龍母稱謂、其他稱謂 20 多個壯語詞漢語音譯：「當洪」（Danghhung，大蛇）、「破阻」（boqcoh，吹風蛇）、「撲岸」（bouxaen，小蛇）、「掘」（gud，斷尾、短尾）、「特倔」（daeggud，斷尾蛇子）、「掘尾龍」（longzrianggud、斷尾龍）；「溫」（vwnz，人）；「蒲」（buz，奶奶、老婦）、「乜」（meh、母親）、「婭」（yah，祖母、老婦、妻子）、「婭蒲」（yahbuz，祖母、老婦）、「婭僕」（yahbuz 祖母、老婦人）、「婭邁」（yahmaiq，老寡婦）、「溫媼」（vwnzlaox，老婦人）、「圖額」（tuzngieg 蛟龍）；「達」（dah，河流）、「達額」（dahngieg，蛟子河）、「達婭」（dazyah，老婦人河）、「羅波潭」（rengzlaoxbuz 老婦譚）、「凌佬僕」（rengzlaoxbuz，老婦譚）、「夏黃」（yahvuengz 女王村、老女王村）、「南蛇嶺」（ndoidanghnuen，蟒蛇嶺）、「板」（mbanj，村莊）、「板下垌」（mbanjyahdoengh，老婦田垌村）。本著作不僅破解這些壯語詞，而且解釋了壯語與漢語最大區別：修辭語置後，漢語的修飾語在前，中心詞在後；壯語恰好相反，中心詞在前，修飾語在後。這就破

解了長期以來的疑團，解釋了屢屢出現在漢文典籍中的這些詞語的真正含義。

　　《西江流域龍母傳說的嬗變》的可貴之處還在於，文中屢屢有創新的見解。首先是將龍母文化劃分為兩段，第一段為原生型斷尾蛇結階段，第二段為漢化斷尾龍階段，這一分段不僅符合願意，而且利於展開研討，在第一章綜述之後，本書用二、三兩章展開對漢化斷尾龍進行了相當全面的探索。但如果不尋根溯源，上述研究就讓人感到迷霧，於是緊跟著在第四章詳細溯源。在溯源部分，作者並不止步於詞語的破解，而是挖掘出龍母文化的壯族原始宗教根底，這就理清了龍母傳說的根源。本書還第一次追溯了自秦代以來歷代中央王朝的誥敕，揭示中央王朝出於統治的需要，利用龍墓傳說籠絡人心。但文中說龍母屢屢過不了五嶺，返還而亡，暗示嶺南黎民並不買帳，這很有嚼頭。此外，對斷尾與成年儀式的關係、移墓與壯族二次葬的關係的探討，「三月三」歌圩的生殖意蘊，也很有新意。

　　本書研究的最終成果，是探討壯族掘尾蛇吸收漢文化以後，演化為掘尾龍的過程。闡明了掘尾龍身份變化以後增加的情節元素，使之愈加豐滿，愈加人情化。其背後蘊含壯漢於秦甌戰爭後化干戈為玉帛，壯侗語族民族的駱越方國很快加入了中央王朝的郡縣制，結束了先秦侯國（方國）的半獨立狀態，促進了壯侗語族民族社會的發展，別有深意。壯漢文化之所以能夠比較迅速融合，歸根結底是相同的農業經營方式易於互相吸收的結果，這和農業民族與草原民族雖有長城之下的茶馬交易，卻屢屢發生齟齬不同。

　　這說明，《西江流域龍母傳說的嬗變》還可以探索得再深一些。但本書立下的掘尾龍蛇文化融合的實例，其意義不侷限於探討一條蛇一隻龍的關係，而是在於中華文化幾千年來如何在接觸中，互相吸收，互相融合。以漢文化為支柱，融合眾多邊疆民族的文化，最終打造成中華民族光輝燦爛的文化。以致世界其他文明古國文化或消亡，或轉移，而中華文化獨存，熠熠生輝。《西江流域龍母傳說的嬗變》的研究，深意於此。是為序。

梁庭望

2020 年 6 月 15 日於中央民族大學

目　次

導　言

　　著名神話學家袁珂在《中國神話傳說》中曾提到：「秦始皇時代，有兩個傳說故事，對後代的神話傳說，是有著比較普遍的代表性的：另一個是關於陷湖的傳說，一個是關於龍母的傳說。」〔註1〕龍母傳說是西江流域影響深遠的民間傳說，它源起於先秦遠古，流傳至今。龍母信仰更是波及香港、澳門及東南亞地區，可謂源遠流長。早在南朝，范曄的《後漢書·竇武傳》就記載了龍母傳說的最初形態，其後兩千多年的發展史中，歷經唐宋明清文人仕宦的敷演和朝廷的官方宣傳，保持了完整的形態；在民間，又經過民眾的加工創造，已然形成了龍母傳說的傳說群，表現出豐富的變異性，獲得了流佈四方、世代相傳的強大生命力。龍母傳說研究雖沒有「四大傳說」研究之顯赫，但在中國民間文學史上也有著不可替代的特殊地位。

　　直到今天，我們仍能在西江流域感受到這個傳說家喻戶曉的傳承態勢，無論是利澤天下的龍母，還是葬母行孝的掘尾龍形象，都能在我們的視線裏找到尚未褪色的影像。龍母傳說是一個既與歷史又與現實緊密相聯的動態研究對象。因為近現代以來口頭傳播的熱情，致使這個傳說在地方文化中扎根。進入21世紀之後，對這個傳說資源的利用仍然顯露出極其活躍的趨勢。因此，對作為非物質文化遺產的龍母的現實處境進行觀察，不僅有利於對這個傳說自身的研究，同時對時代脈搏的把握亦有一定的參考價值。

〔註1〕袁珂：《中國神話傳說》，北京：中國民間文藝出版社，1984年9月第1版，第497頁。

第一節　龍母傳說研究史略

　　20 世紀初，高舉「民主與科學」大旗的「五四」新文化運動，不僅給中國文學界帶來了一場深刻的革命，而且使我國民間文學呈現了無限的生機和活力，是我國民俗學史上一個不平凡的時期。一大批投身於民族文化的精英們，致力於搶救、發掘、整理和保存民間文學遺產。1927 年中山大學民俗學會成立，正式打出了民俗的大旗，先後編輯出版了《民間文藝》週刊、《民俗》〔註2〕週刊以及 60 多種民俗叢書，培養了一大批骨幹，成績卓著，影響非凡，為我國民俗學發展打下了良好的基礎。建國前民間傳說研究的豐富成果正是得益於此。概括說來，這方面的成果可分為三類：

　　第一類是從歷史學角度進行的傳說研究，該研究以歷史文獻中的傳說文本為主要研究對象，與口頭傳說相對照，研究傳說區別於信使的史料價值和流傳特徵，這類研究最有代表性的成果當數顧頡剛的孟姜女故事歷史地理演變研究，作為「古史辨」學派的代表，顧頡剛對這一經典故事的主要內容進行了具體而細緻的考證與辨析；

　　第二類是從民間文藝學角度進行的傳說研究，其基本方法是搜集和整理來自全國各地的某類傳說的文本資料，無論是歷史文獻的，還是口頭流傳的，研究傳說有別於作家文學、有別於神話或故事等其他民間敘事的特徵，該類研究的代表性成果是鍾敬文的《中國的地方傳說》〔註3〕；

　　第三類是從人類學和民族學角度進行的傳說研究，該研究的基本方法是實地考察少數民族的歷史、社會和文化，搜集這些民族的語言文字資料，包括神話傳說，勾勒無文字社會的文化史。抗戰爆發後，北方許多著名大學和科研機構先後搬遷至西南地區，大批的學者有機會接觸到西南少數民族的生活與文化。以此為契機，中國的民俗資料挖掘由文獻研究轉向了田野調查。我國著名的民族學家凌純生、芮逸夫、吳澤霖、陳國鈞、馬學良等學者曾深入到少數民族聚居區進行調查，芮逸夫的《苗族的洪水故事與

〔註2〕《民俗》從 1928 年 3 月 21 日創刊，到 1933 年 6 月 13 日止，出版了 123 期。1936 年 9 月 15 日復刊，改為 16 開本不定期刊，出版了二卷，各 4 期；至 1943 年 12 月停刊。

〔註3〕鍾敬文：《中國的地方傳說》，原載於《開展》月刊第 10、11 合刊民俗學專號，1932 年。見《民俗學集卷》，上海文藝出版社，影印本，1989 年，第 1～45 頁。

伏羲女媧的傳說》，凌純聲的《佘民圖騰文化的研究》〔註4〕可稱該類研究的開拓之作。

　　50 年代至 60 年代中期，由於民族工作的需要，全國各少數民族地區都開展了社會與文化普查，搜集了大量鮮為人知的口頭傳說。雲南、貴州等少數民族聚居地收集到的民俗資料數量遠超三、四十年代，刊印的民間文學集多達幾十甚至上百種。80 年代以後，在文化部和民間文藝家的共同努力下，全國各地進行普查、採錄、整理，《中國民間故事集成》陸續出版，掀起了中國民間文學資料搜集整理的又一次高潮。1990 年統計數據顯示，當時採錄出版的民間故事已達 183 萬篇，其中有大量的口傳神話和傳說。我國的傳說研究繼承並發揚五四學術傳統，文本的搜集，尤其是口頭傳說的搜集得到更多的重視，並出現更多沿襲傳統的歷史學和民間文藝學的分析方法，湧現出許多從區域的、民族的、信仰的、民俗的或歷史的等多種角度對傳說進行專題性歸類和研究的論文。1989 年出版的兩部傳說學研究專著，程薔的《中國民間傳說》〔註5〕和賀學君的《中國四大傳說》，〔註6〕基本反映了九十年代初期我國的傳說學研究成就。90 年代以降，這方面的研究繼續發展，專門的傳說學理論和傳說的專題研究等方面都有大量的論文發表。

　　國內對龍母傳說的研究發軔於 20 世紀初，至今不足百年歷史，相對於「四大傳說」研究論文的汗牛充棟，龍母傳說研究的成果明顯單薄，但其中仍有諸多生花妙筆。具體說來，民國時期的二、三十年代可稱作龍母傳說研究的探索期，容肇祖、黃石等學者們秉承「五四」餘緒，邁著堅實的學術步伐，對龍母傳說的起源流變、思想變遷、母題歸類等問題進行了卓有成效的探索；80 年代中後期至 21 世紀初是龍母傳說研究的發展期，這一時期，劉守華、陳摩人、葉春生等學者先後對龍母的傳說和信仰進行了探討，他們或研究其故事類型，或研究其內在的民族學、人類學信息，或研究其文化內涵及對經濟發展的影響，這些研究角度新奇、研究層面深廣，具有開拓性意義；21 世紀初，在國內旅遊開發熱潮影響下，龍母傳說的研究也進入了爭鳴期。南寧

〔註4〕芮逸夫：《苗族的洪水故事與伏羲女媧的傳說》，載於《史語所人類學集刊》，
　　　　第一卷第一期，第 155～203 頁。
〔註5〕程薔：《中國民間傳說》，浙江教育出版社，1989 年第 1 版。
〔註6〕賀學君：《中國四大傳說》，浙江教育出版社，1989 年第 1 版。

大明山與悅城龍母發源地之爭、藤縣與岑溪龍母出生地之爭，以及龍母族屬、姓氏等一系列爭論將當代龍母文化的研究推向一個新的高度。〔註7〕

一、探索：民國時期的龍母傳說研究

關於龍母傳說被記載於典籍的情況，最早是容肇祖加以鉤沉爬梳的。1928年，容先生發表了《德慶龍母傳說的演變》〔註8〕，從唐宋至明清歷代的史書、地方志、筆記小說、詩文、廟志及敕封與牒文中搜羅了16則有關溫媼的記載，對龍母傳說的歷史演變過程做了梳理。文章認為德慶龍母傳說最早見於唐劉恂的《嶺表錄異》，並將龍母傳說的發展分為三個時期：1.成立時期——約在公曆800後至905的一百年間。這一時期的詩文偶有說及媼龍者，古書也有關於龍母傳說及龍母被賜封號的最早記載。2.發展時期——宋代。文章認為到宋初時，悅城龍母傳說開始產生變異，「在唐代以績布為業的，在宋初便捕魚了」，另又「附會於習慣的成語，以實其事。」〔註9〕在宋人筆下，龍母故事已具有完整的形態。3.大成時期——明清。明清以來龍母傳說不僅擴大了流傳範圍，而且在形態上也有了使人耳目一新的變異。這一時期該傳說不但出現了龍母溫姓、蒲姓之爭，而且龍母也有了父母、姐妹，連其生辰也知道了，德慶龍母的故事到此可謂大成。容先生的龍母傳說研究雖有其時代侷限性，卻富有開創性的意義，後世的研究多在其基礎上展開。

另有1931年，黃石在《青年屆》上發表了《關於龍的傳說》。文中提及廣東掘尾龍的傳說，並對古今五例龍母傳說的母題進行了歸類，得出三點共性：

第一，龍未成形之前，都是被棄於野外的一顆或幾顆卵子，後孵化為蛇，長大成龍。

第二，收卵育蛇的恩人，多是寡婦，如象之母、龍母溫媼、獨孤母、韓媼等，只有竇奉之妻例外。

〔註7〕詳見徐亞娟：《近百年龍母傳說研究綜述》，載於《廣西民族研究》，2007年第4期。

〔註8〕容肇祖：《德慶龍母傳說的演變》，《民俗》週刊第9、10期，1928年，後收入其專著《迷信與傳說》，國立中山大學語言歷史學研究所民俗學會叢書，廣州：民俗學會，1929年。

〔註9〕容肇祖：《德慶龍母傳說的演變》，《民俗》週刊第9、10期，1928年，後收入其專著《迷信與傳說》，國立中山大學語言歷史學研究所民俗學會叢書，廣州：民俗學會，1929年。

　　第三，象之蛇、溫媼所放生的五蛇及寶奉妻誕下的小蛇，都在母親死後前來送葬或掃墓。根據這幾個共同點，文章認為這五例關於龍的傳說實為同源異流，所以依然保留著相同的母題。

　　之後，黃芝岡在其著作《中國的水神》中提到水神神話時也論及龍母神話。他關注到神話中的掘尾龍形象，將南方的造船與掘尾龍聯繫起來，認為船有這種裝飾是受到神話傳說的影響。關於龍的神話，大都涉及龍母，並把龍變成孝子，他認為這是感生神話的一種變異。〔註10〕

　　20 世紀上半葉 50 年間報刊上發表的有關龍母傳說的研究論文，數量不是很多，似乎從未形成民間文學研究的熱點，甚至可以說是一個頗為寂寞的領域，充其量不足十篇。回顧這一時期，容肇祖、黃石、黃芝岡等中國民俗學研究的先鋒們或對龍母傳說的歷史演變過程加以爬梳，或將龍母傳說的母題進行了歸類、或對掘尾龍做了解析，他們的研究起到了很好的先導作用，為後世龍母傳說的研究奠定了基礎。尤其是容先生的研究搜羅了歷史上大量有關龍母傳說的民間文學、俗文學資料，種類豐富，形式多樣。所惜者，是作者沒有能夠將流傳在民間的口傳資料收錄其中，誠然，囿於時局，當時也沒有這個條件，但這並沒有影響《德慶龍母傳說的演變》一文成為早期龍母傳說歷史資料的集大成之作。

二、發展：改革開放時期的龍母傳說研究

　　這一時期的龍母傳說研究，較有成績的是廣東和山東半島。八十年代中後期，在沈寂了五十餘年之後，劉守華、陳摩人、葉春生等民俗學家陸續發表文章或著書立說，引發了對龍母傳說第二階段的研究。先是 1987 年，陳摩人在《悅城龍母傳說的民族學考察——民間文學的橫向探索》一文中，首次從民族學的角度來研究龍母傳說。文章分析了悅城龍母傳說的原型，龍母與百越龍圖騰的關係，將悅城龍母與同類型傳說進行了比較，並探討了悅城龍母與水上居民疍民的關係〔註11〕

　　葉春生在龍母研究上也卓有成效，1988 年，他在文章《從龍母傳說看中華民族的兩大發源地》中提出中華民族不僅僅起源於北方的黃河流域，南方

〔註10〕黃芝岡：《中國的水神》，上海：生活書店，1934 年。
〔註11〕陳摩人：《悅城龍母傳說的民族學考察——民間文學的橫向探索》，華南師範
　　　　大學學報，1987 年 1 期。

的長江流域、西江流域也是其重要發源地。〔註12〕之後，他又在論文《龍母信仰與西江民間文化》中梳理了龍母傳說展開的三條線索，即文人的筆記小說、至聖顯靈的迷信和純粹的民間傳說。〔註13〕2000年，他發表《嶺南的掘尾龍和東北禿尾巴老李》一文，對南北流傳的兩個傳說在結構上的相似和各自體現的文化性質，進行對比分析，延展了西江流域龍母傳說的研究領域，提及龍母傳說及其信仰〔註14〕。

1991年，曾昭璇在《天后的奇蹟》一書中，也提及了龍母傳說及其信仰。他認為，龍母傳說起源於秦代的西江下游，龍母之說可能與西江生長鱷魚有關，龍母墳和龍母廟所在地，有「五龍吐珠」之說，體現了一定的風水學思想。〔註15〕

劉守華1999年在《中國民間故事史》一書的《〈搜神後記〉中的〈蛟子〉和龍母型故事》一節裏，對龍母傳說的起源和演變及其文化內涵進行了較系統的研究，將龍母型故事的起源追溯到唐代以前《搜神後記》中的《蛟子》，並對龍子形象在不同時代所體現出來的深厚內涵進行了深入的挖掘。在他看來，斷尾龍形象的創造，是龍母故事引人注目的新發展〔註16〕。

在故事類型的分類上，顧希佳在《龍子望娘型故事研究》中把悅城龍母傳說中的龍子誕歸入「女子拾得龍卵，孵龍撫養」型故事，這一型故事比「女子感應懷孕，生龍子」型要晚。〔註17〕農學冠也在《蛇郎故事的原型及鱷（龍）崇拜》中分析了拜山龍、斷尾蛇的故事，將它們歸於龍蛇探母故事群。〔註18〕

在對龍母故事斷尾情節的分析上，學者們也各有猜測。顧希佳認為斷尾是為了替統治者避諱，因為後世統治者已經把龍子與皇帝牢固的聯繫在一起。王娟則在《斷尾龍故事類型的心理分析研究》一文中，首次運用弗洛伊

〔註12〕葉春生：《從龍母傳說看中華民族的兩大發源地》，載於《思想戰線》，1988年4期。

〔註13〕葉春生：《龍母信仰與西江民間文化》，載於《悅城龍母文化》，哈爾濱：黑龍江人民出版社，2003年，第97頁。

〔註14〕葉春生：《嶺南的掘尾龍和東北禿尾巴老李》

〔註15〕曾昭璇：《天后的奇蹟》，香港：中華書局香港有限公司，1991年9月，第143頁。

〔註16〕劉守華：《中國民間故事史》，武漢：湖北教育出版社，1999年。

〔註17〕顧希佳：《龍子望娘型故事研究》，載於《民間文學論壇》，1988年第1期。

〔註18〕農學冠：《蛇郎故事的原型及鱷（龍）崇拜》，載於《廣西民族學院學報（哲學社會科學版）》，2004年第6期。

德的精神分析理論來剖析斷尾情節。她認為斷尾實際上是一種「閹割」，是對兒童戀母情結的一種懲罰形式。〔註19〕

　　蔣明智多年來一直關注著悅城龍母文化的研究，他在論文《悅城龍母的傳說與信仰》中提出，龍母傳說的最早記載並非唐代劉恂的《嶺表錄異》，而是南朝劉宋年間沈懷遠的《南越志》，它包括了兩個類型的復合故事，即「龍的母親」類型和「龍子探母」的類型，認為應該將龍母故事另立一個類型——「掘尾龍祭母」。〔註20〕

　　與西江龍母文化研究相映成趣的是山東禿尾巴老李故事的研究。1989年，山東民間文藝家協會召開了「禿尾巴老李學術討論會」，並彙編了二十一篇專題論文，集結成《禿尾巴老李學術討論會論文集》。〔註21〕其中山曼的《禿尾龍故事源遠論》、王太捷的《禿尾巴老李傳說故事的流變與演變》、曲金良的《禿尾巴老李傳說探源》對山東半島禿尾巴老李故事的源流、演變進行了闡釋；趙國瑞的《〈禿尾巴老李〉與闖關東——一篇山東漢民族的遷移史》、劉敬福的《山東人闖關東的保護神——淺論禿尾巴老李與山東人「闖關東」的關係》從移民史的角度論述了禿尾巴老李故事的流傳與發展；還有一些論文從形象塑造、文化心理等方面對禿尾巴老李故事進行了多角度，不同程度的研究，這些研究成果不僅對山東半島及東北地區龍母傳說的研究都很有價值，也開闊了西江流域龍母研究的視野。

　　整體來說，這一時期的研究成果在廣度和深度、理念和方法上，都有了較大的開拓。既有傳統的文藝學的研究與闡釋，也有民俗學的介入，學術思想的多元使龍母傳說的研究呈現出多彩的格局。所惜這些研究大多從一個角度切入，如從民族學的角度探討龍母傳說的原型及其族屬，從古籍記載研究龍母傳說的演變，從民間口頭流傳來研究傳說的變異，從精神分析的角度研究傳說的母題，包括從移民史的角度對山東禿尾巴老李故事進行論述等等，難免存在研究視角單一的問題。

三、爭鳴：文化產業開發熱引發的龍母研究熱潮

　　如果說，20 世紀 80～90 年代的龍母傳說研究的學者們，切入的視角仍

〔註19〕王娟：《斷尾龍故事類型的心理分析研究》，載於《民間文學論壇》，1994 年第 3 期。
〔註20〕蔣明智：《悅城龍母的傳說與信仰》，博士論文，中山大學，2002 年 5 月。
〔註21〕中國民間文藝家協會山東分會編印：《禿尾巴老李學術討論會論文集》，1989 年。

有某些時代侷限的話，那麼，進入新世紀以來的龍母研究，在選題與方法上出現了一些新的氣象，也有一些令人振奮的成果問世。與此前的時代不同，新一代的學者們，更加關注該傳說中透露出的壯民族文化因子及壯漢民族融合對該傳說的影響等以往研究者未涉及的問題。這多少顯示了在文藝學研究之外，民間文藝研究的民俗及文化特性回歸的強化趨勢。

本世紀初，隨著全國旅遊經濟的發展，各地紛紛將視線投向挖掘地區文化的經濟價值，以期利用地區性的文化產業來發展地區經濟。龍母文化是西江流域影響深遠的民俗文化，在當代必然受到更多的關注。近年來，兩廣四市（廣東德慶、廣西南寧、岑溪和梧州）致力於龍母文化的宣傳，多次召開龍母文化研討會，爭相打造龍母文化這一旅遊品牌。在兩廣地區，至今還有很多龍母廟遺存，也有幾個比較大的龍母廟。廣東德慶悅城龍母廟就是清代遺留下來的古建築，至今保存得相當完好，朝拜的民眾也非常多，每年僅門票收入就六千多萬，佔地方財政收入 40% 還多。門票 60 元，加上燒香、捐錢的花銷，每個人入廟一次大概至少要花掉 100 元，動輒成千上萬，香港、澳門、馬來西亞以及越南等東南亞的香客還會有更多的捐資。

旅遊開發的熱潮使龍母文化的研究十分活躍，成為百年來最為繁榮的一個時期，但龍母誕生地、龍母文化發源地一直沒有明確的答案，長期以來困擾著龍母傳說的研究者們，成為西江流域民俗文化和文化旅遊爭論的焦點。

關於龍母的族屬問題，陳摩人認為龍母屬駱越民族，是百越族群由母系氏族向父系氏族過渡前夕，生活在西江中游的一支氏族的頭領，這一傳說反映了古百越族群的社會生活〔註 22〕。蔣明智認為其說法理由不夠充分，進而提出悅城龍母傳說本土說：「其一，感生神話一般發生於母系氏族階段。悅城所在地緊鄰封開，曾經也必定出現過母系氏族的繁榮期，產生帶有感生神話遺留的悅城龍母傳說是很自然的；其二，傳說與百越先民的鱷崇拜有關；其三，傳說還與秦始皇征戰嶺南的歷史事件相關聯；其四，傳說反映了秦漢時期嶺南造船業的發展面貌」。〔註 23〕

自 2005 年始，在南寧市政府的大力支持下，南寧大明山旅遊開發管理局組織了大量的學者、專家在環大明山區域進行大規模的田野調查，搶救龍母

〔註 22〕陳摩人：《悅城龍母傳說的民族學考察——民間文學的橫向探索》，華南師範大學學報，1987 年 1 期。

〔註 23〕蔣明智：《論古籍碑刻記載中的悅城龍母傳說》，載於《民族文學研究》，2004年 1 期。

的傳說、故事、歌謠，挖掘龍母文化的內涵，考察龍母文化遺存古蹟，最終提出大明山是龍母文化發祥地的論斷，為龍母文化的新發展打下了良好的基礎。〔註24〕

此外，梧州市的藤縣和岑溪兩地主要對龍母出生地展開激烈的論爭。支持龍母誕生藤縣說的一方，以《孝通廟舊志》和《藤縣志》為依據：「溫氏，其先為廣西藤縣人……」。韋靭編著的《漫話龍母文化》，介紹了梧州龍母的史話與傳說，摘錄了歷史文獻及當代研究的相關內容，認為梧州是龍母的根之所在，龍母的祖籍和故鄉在藤縣。而岑溪市一方則在 2004 年組織廣東西江文化學會的專家進行實地考察和論證，確認龍母誕生地市岑溪市大竹村。主要依據是歷史文獻和民間契約。根據《南越記》、《嶺南異錄》、《廣東新語》等文獻記載，認為龍母故鄉在清代藤縣二十一都所轄的筯（根）竹村。解放後根竹村歸入岑溪管轄，即今天的大竹村。大竹村民李作興收藏的本族二世祖李振紹在光緒十九年所立的地契上，清楚寫有「龍母村」字樣。〔註25〕至今雙方各執一詞，難有定論。

第二節　選題意義及目的

20 世紀以降，我國的傳說研究陣容一直以歷史學家和文學家出身的民間文藝學家為主，偏重於考察古籍文獻中記述的歷史事件和歷史人物的來龍去脈。在這裡，傳說被界定為這樣一種敘事體裁：在表述上採用故事的形式，在內容上是關於或真實發生過，或被認為是真實發生過的敘述。他們關心傳說與歷史之間的關係，認為傳說一方面具有補充或修訂正史記錄的作用，另一方面也可以通過歷史記錄來解讀傳說的意義；他們關心傳說與信仰之間的關係，提出傳說是信仰觀念的載體和依據所在。他們主要處理文獻形態的傳說，其分析方法和闡釋原則都是針對傳說文本的內容和含義來進行，尤其關注傳說的文化史意義和精神文化內涵。

以歷史學和文學家為主的國學家們開拓了具有現代科學意義的傳說研究領域，在傳說研究史上功不可沒。但是，隨著學術發展的不斷深入，這些理論和方法在面對新材料、新問題的時候，難免會有侷限性。

〔註24〕羅世敏、謝壽球主編：《大明山龍母揭秘》，南寧：廣西民族出版社，2006 年。
〔註25〕容劍平、江金波：《龍母來自岑溪大竹村》，載於《羊城晚報》，2004 年 5 月 11 日。

由於特殊的時代原因，國內的傳說學研究在 20 世紀 40 年代到 80 年代之間吸收新理論和新方法較少，發展緩慢。20 世紀 80 年代以後，我國民俗學界受到西方學說的影響，在理論方向上發生戲劇性的轉移，學者的研究開始由歷時研究向共時研究轉移，由靜態研究向動態研究轉移，由起源研究向結構研究轉移，由書院研究向田野研究轉移。這種轉向也深深影響了傳說學的發展。

在現代意義的學術轉向發生之後，傳說學的熱點集中到田野作業和文本分析相結合，從傳承的角度描述傳說的流傳特徵和敘事本質，闡釋傳說的社會功能和文化意義。這時，傳說研究不再僅僅停留於由文本提供信息，而進一步要求考察特定傳說從產生到流傳的整個民俗過程，包括傳說生成的民俗環境、傳說的口傳形式和文本化過程、地方傳統在傳說形成和流傳過程中的影響等等。

容肇祖、陳摩人、葉春生、蔣明智等學者從不同的角度研究了龍母傳說及龍母文化，梳理了傳說的基本線索，歸納其故事類型，解析其故事母題，考問龍母來源等等，這些研究成果為後人奠定了良好基礎，但這些觀點更多基於對漢文化的理解，其偏限也是顯而易見的。結合大量的田野資料和考古發現，筆者將西江流域龍母傳說劃分為原生態掘尾蛇傳說和次生態掘尾龍傳說兩個階段。龍母傳說在秦以前屬於原生態的掘尾蛇傳說，秦始皇征戰嶺南後，受漢文化影響，壯族先民的蛇圖騰演變為漢民族的龍圖騰，龍母傳說也展演為次生態的掘尾龍傳說。以往前賢時彥的研究成果，大都圍繞漢文化的範疇展開，屬於次生態即掘尾龍傳說的研究階段，始終沒有觸及龍母文化的原生態，對作為承載了重要壯民族文化信息的「掘尾」、「蒲」、「溫」等詞語，大都避而不談，對作為紀念掘尾蛇壯族全民節慶——「三月三」歌節也幾乎沒有提及。鑒於此，本課題著眼於原生態的掘尾蛇研究，力圖揭示其原生態的壯民族文化因子及其本質，試圖勾勒出其本真面貌。在具體操作上，廣泛吸收國內已有的龍母傳說研究成果的同時，學習和借鑒當代民間敘事傳統研究的新理論、新方法，力求從口頭傳統和書寫傳統、文本與過程交互影響的層面，從傳說實際傳承的民俗過程角度界定龍母傳說；結合傳說生成和傳播的語境、傳說的傳承群體，以及相關的民俗活動，再次觀照民間龍母傳說的社會功能和文化意義，進而探討田野作業和文本分析相結合的傳說研究理論。

定題為「西江流域龍母傳說的嬗變」，主要基於以下考慮：

（一）目前學者對龍母傳說的研究，大多集中在悅城、梧州、藤縣、大明山等個別地區，以悅城龍母的研究尤為多見，缺乏對西江流域龍母傳說的整體關照。本課題以此切入，將研究擴展至整個西江流域，關注龍母傳說的發生、遷播與現狀，以彌補這一領域研究中的缺憾。

（二）從我們今天所收集到的西江流域龍母傳說資料來分析，其發展過程應分為始於遠古氏族部落時代的以特掘為主體的原生態階段和秦代以來的以龍母為主體的次生態階段，而正是壯漢民族之間的相互融合造成了龍母的多重神格與龍母傳說的多種流傳模式。基於此，本課題從西江上游的壯族地區、中游及下游的漢族地區流傳的龍母傳說入手，參考歷史學、民族學、考古學上的研究成果，從漢壯民族之間文化交流和融合的角度來研究龍母傳說的流變。

另外，本課題還將從傳說傳承的民俗過程的角度，重新關注以往傳說學研究當中的幾個問題，包括傳說與歷史的關係、傳說與信仰的關係，以及傳說與社會變遷的關係，確定本課題調查研究的出發點和側重點。

第一，傳說與歷史的關係。既往研究，尤其是從史學家角度所作的傳說研究，通常是從傳說的細節材料裏發現所謂的歷史真實，而他們界定真實的參照標準就是書面的、官方的、具有公認權威性的歷史文獻。但是，民俗學家關注的視角是歷史傳說在口頭傳統中延續的含義，通過傳播途徑，發現歷史傳說的功能性所在。構建這一途徑的要素，包括傳承群體、傳說中的虛構性母題，以及被敘述事件的發展。在討論傳說作為歷史資源的延續性時，將「歷史」界定為群體對過去的認同，提出在特定文化環境當中，地方群體有傳遞自我認同合理性歷史的需要，傳說正是在這一認同中延續地方文化含義。由此，本課題關注龍母傳說在特定鄉村社會當中的實際傳承和過程，從中理解龍母傳說與民間信仰實踐活動之間的聯繫。

第二，傳說與信仰的關係。前人研究主要從文本觀念和精神文化的視角出發，主要基於文本的內容，論述傳說反映出來的信仰本質。實際上，這是一種書齋式的分析，從田野調查看，它脫離民間社會的活動、信仰者和信仰行為，不可能深究傳說與信仰背後更深層的生活和文化土壤。

第三，傳說與社會變遷的關係。這涉及到傳說研究的分析方法和闡釋原則。以田野作業為主的現代傳說學理論，豐富了解釋傳說意義的視角，

但是，它與以案頭工作、歷史文獻分析為主的傳統研究面臨同樣一個困境，「即用學者現在所看到或聽到的資料，去分析傳說中的歷史描述，未免冒險。」〔註 26〕從這個問題意識出發，董曉萍在《傳說研究的現代方法與現在的問題——評杜德橋的〈妙善傳說〉》一文裏，評析了英國學者杜德橋（Glen Dudbridge，1938～2017）妙善傳說研究中創設的「傳說文本課題獻化的過程分析模式」，他成功地「通過建立四種文本和進行資料分析」，「對一個民間傳說進入民族文化傳統的方式和建立自己地位的過程做全面的觀察，傳說所受到的後世影響也得以在寫本媒介上反映出來。」〔註 27〕杜德橋的分析模式是「創立了四種文本分析法，闡述了妙善傳說成為文本的條件，傳說文本向通俗文學、民間寶卷、志怪小說、傳奇戲劇和作家文學過渡的方式」。〔註 28〕他的研究展示出傳說「在一定的歷史時期、一定的社會行為控制下」，「依該社會集團的文化需求而定，這一需求遠遠大於個人寫者的興趣和才能，因而寫者是不約而同的社會群體，其表達傾向也更為社會化」。〔註 29〕他強調觀察社會行為和社會觀念對這種寫本的誘導和制約，要求分析大批寫者在寫作這種文本時所表現的文化認同細節。這是一個以傳說寫本的社會功能為主旨的分類標準。筆者從中受到啟發，認識到傳說與現實的關係，不在於傳說在多大程度上反映了現實或者歷史，而應該從傳說在特定社會中的形成方式和流傳過程出發，探討傳說作為敘事資源的社會性所在。

但是，杜德橋的妙善傳說研究如其所暗示的，是一個案頭工作對象。他的四種社會文本類型的界定主要還是針對寫本豐富、記載連貫的傳說故事系統。〔註 30〕本課題吸收其分析法原則，根據龍母傳說的記錄年代和記載方式的不同，將其傳說寫本劃分為記錄本、轉錄本、轉寫本和引用本四類，並在此基礎上探索以田野作業為主的傳說社會寫本研究工作，同時針對史書、地

〔註 26〕董曉萍：《傳說研究的現代方法與現在的問題——評杜德橋的〈妙善傳說〉》，《民族文學研究》，2003 年第 3 期。
〔註 27〕董曉萍：《傳說研究的現代方法與現在的問題——評杜德橋的〈妙善傳說〉》，《民族文學研究》，2003 年第 3 期。
〔註 28〕董曉萍：《傳說研究的現代方法與現在的問題——評杜德橋的〈妙善傳說〉》，《民族文學研究》，2003 年第 3 期。
〔註 29〕董曉萍：《傳說研究的現代方法與現在的問題——評杜德橋的〈妙善傳說〉》，《民族文學研究》，2003 年第 3 期。
〔註 30〕杜德橋的四種社會文本類型指：記錄本、重塑本、流通本和改編本。

方志、筆記小說和廟志等歷史文獻的分析和闡釋。根據上述主旨，本課題側重於對龍母傳說的民俗志記錄和文本分析。

　　正如美國人類學家威廉・巴斯克姆（William Bascom，1912～1981）在其《民間文學形式：散文敘事》中所言，傳統的做法完全是根據學者的理念，沒有來自文本實際流傳的上下文，其結論往往是不可靠，至少是不完全和不深刻的。〔註31〕

　　龍母傳說蘊含著豐富的傳說學、文化學、民族學及民俗學等多方面的內容，因而，由這個特殊的文化現象作為觀察點，我們可以獲得對西江流域原始先民思維的許多認識。但是，囿於筆者學養與精力所限，在「西江流域龍母傳說的嬗變」這一課題中，還有諸多與本課題相關但未能涉及、或者提及未能做出解答的問題，期待以後的研究中加以完善並能做出更為圓滿的解釋。

第三節　資料使用及研究方法

一、資料來源和範圍

　　本課題主要使用田野作業的第一手材料，其次是地方志、民間文學三套集成和民間廟志等文獻資料。

　　概括來看，本課題所使用的調查資料和文本記錄資料主要有以下幾類。

　　第一，筆者實地調查記錄的西江流域的村落環境、村社組織和相關儀式活動內容，以大明山麓村落民俗為重點。

　　第二，地方志與其他地方文字資料。地方志主要是西江流域的清代縣志，另外還有《中國地方志民俗資料彙編》〔註32〕中的民俗志內容。

　　第三，口頭傳說 22 則，《中國民間文學三套集成・故事卷》〔註33〕。

　　第四，有關西江流域鄉村社會環境、歷史、地理、政治、經濟和文化的

〔註31〕〔美〕威廉・R・巴斯克姆：《民間文學形式：散文敘事》，收入〔美〕阿蘭・鄧迪斯（Alan Dundes，1934～2005）編，朝戈金等譯：《西方神話學論文選》（*Sacred Narrative Readings in The Theory of Myth*），上海文藝出版社，1994年，第5～40頁。

〔註32〕丁世良、趙放主編：《中國地方志民俗資料彙編》，北京：書目文獻出版社，1995年2月。

〔註33〕羅小瑩主編：《中國民間文學三套集成・故事卷》。

資料性文獻和地方學者著作。

二、主要概念和用語簡釋

1. 傳說文本

狹義的傳統的文本概念僅僅指表述成型的作品本身，在這個意義上，傳說文本就是指一則傳說的敘述本課題。在這裡，根據文字形態的不同，文本被劃分為記錄和講述的兩種，或通常所謂書面的和口頭的兩種。這主要是來自傳說語言學和文藝學研究者的文本概念。〔註 34〕現代民俗學家提出從「表演」入口，將民間敘事文本與民俗志文本整合起來，對民間敘事進行文化整體的研究。〔註 35〕在現代民俗學者眼裏，民間敘事文本既是表述的結果，也是表述的行為和活動，還是表述的過程。他們從民眾創作和接受的方式及過程的角度出發，將文本劃分為閱讀的和聽的兩種，並指出口頭文學主要是聽的文本，聽的文本是行為的投入。本課題的傳說文本分析當中主要採用現代民俗學家的文本概念，但是在表述當中指稱傳說時，仍然主要指傳說的敘述文本。

2. 傳說異文

在傳統的民間文藝學研究當中，異文指同一故事類型的各種大同小異的說法。在這裡，故事敘事情節本身的異同是確定異文的標準。現代研究口頭傳統表演的民俗學家們指出，民間敘事的每一次講述都是一次再創作。這不僅意味著敘述內容的創作，而且，由於文本包含表述和被表述兩個層面，〔註 36〕因此它也意味著講述行為和過程的新意。本課題集合傳說系列的各個傳說文本時，包括上述兩種概念的傳說異文，但在分析當中偏重於採用後一概念作為闡釋傳說文本含義的途徑。

3. 口承故事（或稱口頭故事）

是對神話、傳說、民間故事的統稱，它是人民大眾口頭傳承的民俗活動。從民間文藝學的角度來看，它是一種口頭散文敘事的文學。〔註 37〕

〔註 34〕朝戈金：《口頭史詩詩學》，廣西人民出版社，2000 年，第 15 頁。

〔註 35〕〔美〕鮑曼：《作為跨學科話語的民俗學》，美國《民俗研究雜誌》，1996 年第 33 期。

〔註 36〕朝戈金：《口頭史詩詩學》，廣西人民出版社，2000 年，第 15 頁。

〔註 37〕許鈺：《口承故事論》，北京師範大學出版社，1999 年 6 月第一版，第 1 頁。

三、研究方法

（一）比較研究法

研究傳說不止是為了探求一個民族傳說的內涵，同時還有把這一民族的傳說同相關民族類似或有相同母題的傳說進行比較，來探討此類傳說的本質和共性。蘇聯著名比較文學理論家、民間文化學家維克托爾·馬克西莫維奇·日爾蒙斯基（1891～1971），在對民間文學的比較研究法進行分類時，歸納如下四種：

1. 一般的對比。這是任何較為深入的歷史比較研究的基礎；

2. 歷史類型學的比較。這種方法把在起源方面彼此毫無關聯的民間文化現象的雷同，解釋為社會發展條件的相似造成。

3. 歷史起源的比較。說明雷同性是這些民間文化事項在起源方面的親緣關係的結果。

4. 以文化的影響、文化的相互作用、因襲、借鑒、流傳等原因說明雷同的民間文化事象間的關係的歷史比較。

以上，無論如何總還是認識和研究文學現象、民間文學現象、乃至一般民間文化現象的一種方法和手段。〔註38〕

（二）歷史地理學派的母題分析研究法

歷史地理學派是二十世紀初，由芬蘭學者在研究本民族和世界民間文學作品時，使用的一套方法：盡可能搜集某一故事所有的口頭流傳異文，通過比較，尋找故事的起源，並進而研究故事發生演變的原因。這一方法，由於受到文本的限制，操作起來，比較困難。我們在本課題研究所借鑒的，是它注重故事的起源和演變的研究思路和母題比較的研究方法。什麼是母題呢？劉魁立先生有過一段最簡要的解說：

> 所謂母題，是與情節相對而言的。情節是由若干母題的有機組合而構成的；或者說一系列相對固定的母題的排列組合確定了一個作品的情節內容。許多母題的變換和母題的新的排列組合，可能構成新的作品，甚至可能改變作品的體裁性質。母題是民間故事、神話、敘事詩等敘事體裁的民間文學作品內容敘述的最小

〔註38〕參見劉魁立：《歷史比較研究法和歷史類型學研究》，東亞民俗文化國際學術討論會特別講演，1996 年 9 月 23 日。

單位。〔註39〕

斯蒂‧湯普森（Stith Thompson，1885～1976）也對母題作過權威性的解釋：

> 一個母題是一個故事中最小的、能夠持續在傳統中的成分。要
> 如此它就必須具有某種不尋常的和動人的力量。絕大多數母題分為
> 三類。其一是一個故事中的角色眾神，或非凡的動物，或巫婆、妖
> 魔、神仙之類的生靈，要麼甚至是傳統的人物角色，如像受人憐愛
> 的最年幼的孩子，或殘忍的後母。第二類母題涉及情節的某種背景
> 魔術器物，不尋常的習俗，奇特的信仰，如此等等。第三類母題是
> 那些單一的事件它們囊括了絕大多數母題。正是這一類母題可以獨
> 立存在，因此也可以用於真正的故事類型。顯然，為數最多的傳統
> 故事類型是由這些單一的母題構成的。〔註40〕

「母題」（motif）也可譯作「情節單元」。民間故事形態特徵及其變化，常常從母題本身的構成、母題數量的增減，以及母題序列的安排表現出來。母題解剖也可以和人物形象的論析相結合。由母題類型入手，既可以觸及作品的主題，也可以觸及作品的藝術形式風格；既可以由此考察文化傳播和途徑，也可以由此探尋人類文化平行演進的軌跡。〔註41〕本課題在使用母題的研究方法時，不拘泥於某一種方式，而是將其靈活地綜合運用到龍母傳說的解析之中。

（三）田野調查路線

西江是珠江水系幹流之一，舊稱鬱水、浪水和牂牁江，流經滇、黔、桂、粵等省區，本課題主要探討的是流經桂粵兩省的西江流域傳頌的龍母傳說，田野調查也圍繞這一區域進行。

文中多處第一手資料來源於筆者幾次赴兩廣所做的田野作業。筆者在論文的準備階段，即 2006 年 4 月至 2007 年 2 月，先後三次赴西江流域進行田野調查：

〔註39〕劉守華：《比較故事學論考》，哈爾濱：黑龍江人民出版社，2003 年 5 月，第
　　　　88～89 頁。

〔註40〕〔美〕斯蒂‧湯普森著，鄭海等譯：《世界民間故事分類學》，上海：上海文
　　　　藝出版社，1991 年，第 499 頁。

〔註41〕劉守華：《比較故事學論考》，哈爾濱：黑龍江人民出版社，2003 年 5 月，第
　　　　90 頁。

　　第一次是在 2006 年 4 月，以參加廣西田陽布洛陀祭祀大典為契機，走訪了廣西南寧環大明山區域的村縣，概觀地瞭解了該區域的龍母傳說情況，時長半個月；

　　第二次是 2006 年 11 月，時長半個月。筆者此番集中調查了廣西環大明山區域的武鳴、馬山、賓陽、上林等四個村落；

　　第三次是 2007 年 1 月～2 月，此次調查主要沿著西江上游至下游，對龍母傳說流佈的地區做一整體調查，在一個多月的時間裏，筆者集中走訪了西江上游大明山麓的武鳴、邕寧地區，繼續然後沿西江到訪梧州、藤縣、岑溪，再順流而至廣東德慶悅城。

　　這些實地的考察，既可以彌補文獻資料的不足，糾正前人研究成果中一些不當或偏頗的結論，同時也為本課題的資料庫增添了不少鮮活的內容。希望通過田野作業，對西江流域龍母的民間信仰、民間習俗等方面做出直觀、公正的調查，獲得較為準確的原生態材料。如果脫離了對具體的信仰環境、信眾的行為及當地民間風俗的考察，就不大可能真正把握龍母信仰的實質、來源及其衍變。也唯有通過西江流域壯漢民族之間具體民俗民風的比較考察，才能更好的把握壯漢之間的交往及融合對龍母傳說的流變所帶來的影響。

第一章　龍母傳說的歷史傳統

第一節　龍母傳說與正史記錄

一、傳說與史實

　　柳田國男（Yanagita Kunio，1875～1962）曾在《傳說論》中對傳說與歷史的關係做了多方面的研究，根據他對歷史的觀點，從下面幾個不同的方面提出了傳說與歷史的關係：

　　1. 歷史在沒有得到書面記載以前，它的「傳授也是全憑人們的記憶，進過從口到耳的途徑，代代相傳的。這同傳說的繼承在方式上沒有任何不同」。〔註1〕

　　2. 當時的人們，也並沒有把傳說與歷史分別開來，區別對待。因而，傳說也就更沒有向歷史靠近，而欲發展成為歷史的必要。

　　3. 到了記載和撰寫傳說的年代，人們採取了非常審慎的態度，甄別了浩瀚的材料、記載之後，除了承認它們是地道的傳說之外，無法說成是任何其他別的東西。而且「古代人根據自己的體驗，也逐漸認識到：傳說不僅沒有固定的敘述形式，且越傳越旺，不斷加碼，應該及早與『歷史』區別開來」。他認為這是人類認識發展的必然。智力提高，思想開化，其結果是信仰也要受到衝擊，也得改變。因此，由信仰支撐著的傳說也自然要起變化。特別是

──────────

〔註1〕〔日〕柳田國男著，連湘譯：《傳說論》，北京：中國民間文藝出版社，1985年12月第一版，第35頁。

近代教育以來，在興起的編寫《家史》《家譜》《家典》之風中，傳說與歷史的區別就更加清楚了。所以，即使是屬於某一特定的氏族、家庭、集團的傳說，和歷史也是相遠的。

4. 傳說的一端，有時非常接近歷史，甚至兩者的界限很難區分，而其另一端又與文學相近，有時簡直好像融於其中。而這兩端的距離，也隨著社會的發展，文明的進化而拉長，最後甚至會斷線。柳田在這裡提出了「傳說是架通歷史與文學的橋樑」的論點，指出傳說具有歷史價值和文學價值的兩重性，而文學的一方面又是主要的。

5. 傳說的地位，大致居於信仰與幻想，或自發與自覺（自為）的中間地帶。傳說與歷史之間的距離，在古時候要比現在小得多。

柳田這些觀點的核心，是把傳說看成是處於不斷發展和演變中的事物。而在不同的歷史時期中，人們對於傳說是有不同的態度的。他認為古時的人們堅信傳說，是有它歷史上認識的原因，到今天已不復存在。歷史向前發展了，必然影響和波及到傳說。「能夠原封不動，保持著舊時風貌，繼續流傳下去的傳說，為數頓時減少了」。這實際上是在批評那些認為傳說與時代和歷史發展無關的看法，證明不管什麼時代，什麼歷史時期都一股腦照傳無誤的看法是沒有根據的。他直截了當的提出，把傳說只看作是古人的死東西，鐵板一塊，針插不進的看法是不對的。歷史在變化，傳說也在變化。他明確提出：「歷史學教育，一層又一層地揭開了『不可能有的事情』的蓋子，使得『信不下去了』的東西越來越多，與日俱增」。

對於傳說與歷史事實的問題，鍾敬文曾在《劉三姐傳說試論》一文中，將我國民間傳說的形成分為三種情況：

一是幻想或想像成分較多或簡直占壓倒優勢之作；

二是現實成分較多，幻想只限於局部者；

三是基本上依據「真人真事」做成者。

鍾先生認為「第一種是道地的文藝創作，即主要乃取各種資料，由創作者以高度之想像結構而成者。即第三種（此於數量上恐屬少數），除彼本身具有之『傳奇性』以外，在社會流傳過程中，不能不受種種不同身份、經歷、趣味之轉述者，特別特殊之故事講述家或民間藝人之剪裁、陶煉、藻飾、改動，因而必然具有一定之『創作性』，與原有故事中之人物、事件不能再完全相同，甚至可能有相當大之差異。此種情況，從現代口頭流傳之若干古代歷

史名人傳說中，固可以探知其消息；而現在吾人所知悉之某些人物、事件，在社會流傳中所起種種變異事實，亦大足供參考也」。〔註2〕

　　龍母傳說，其實與孟姜女、白蛇傳及梁祝傳說一樣，都是在廣泛的社會生活中取材而後經過一定虛構的民間口頭創作。其歷史性，是廣義的，並非狹義的。過去學者信任民間傳說的真實性，企圖對此種民間創作探本溯源，尋訪龍母確為真人真事，這種想法，先不說能否實現，即便真的成功了，也沒有實際意義。

二、秦皇嶺南設郡

　　根據《南越志・端溪溫媼》記載和悅城龍母傳說的口頭傳說敘述，龍母傳說（掘尾龍傳說階段）上可追溯至秦始皇時期。舊時不少典籍記載，嶺南加入中華版圖始於秦始皇南征，但近年來相繼出土的陶器、青銅器以及水晶等考古文物，學界不得不重新審視這段歷史，研究實證了嶺南乃中華文明發源地之一，秦以前便已享有燦爛的新石器和青銅時代文明。嶺南自先秦便為中華版圖一部分。周代，鬱林（鬱林）還派一位「鬱人」到朝廷做負責祭祖大臣的助手，掌管祭祀先皇儀式程序，地位不低。

　　記錄秦始皇征戰嶺南的歷史典籍主要有兩部，即《淮南子》卷十八之《人間訓》，《史記》卷六之《秦始皇本紀第六》均記載了秦始皇征戰嶺南的史實。從史書記載的秦始皇嶺南設立三郡入手，將正統歷史文獻與地方傳說之間的區別和聯繫加以比較，由此討論傳說與歷史的關係，認識龍母傳說附會歷史人物和歷史事件的功能化意義。

　　中國的「越人」分成很多族群，如以今溫州為中心的一群，以今福州為中心的一群，這兩群故事很多，而且最後中央朝廷也要用內遷來擺平。在嶺南和西南的百越民族，支系繁雜。其中兩廣及今越南的一部分原住民，被稱為「南越人」，南越首見於《史記》，而《漢書》又稱為南粵。南越人主要分成三大支，一為廣東中部北部的「南越」；二為廣東西南部、廣西南部和越南北部的「駱越」；三是廣東西江流域、廣西桂江流域的「西甌」，這一支最為悍烈驍勇，是當年大敗秦軍的主力。

　　秦始皇統一中原六國後，覬覦南越的富庶，企圖攫取南越珍寶，開始部

署征戰嶺南百越國以實現征戰天下的宏偉目標。秦始皇發動的對百越的戰爭進行了三次。

第一次戰爭發生在秦始皇二十八年，即公元前 219 年。秦始皇命令屠睢率領 50 萬大軍南下攻擊百越；第二次是秦始皇三十三年，公元前 214 年，秦軍在任囂和趙佗的率領下攻擊百越之戰，戰後下設南海、桂林、象郡三郡。第三次是趙佗留守嶺南到正式建立南越國之間發生的討伐南越的戰事。歷史學家一般稱這是第二次戰爭的延續。這三次戰爭統稱為「秦始皇三征嶺南」。秦征戰百越，史書相關記載較少，只有《史記》《淮南子》等少數典籍中有少量記載。如《史記·秦始皇本紀》載：

> 三十三年，發諸嘗逋亡人、贅婿、賈人略取陸梁地，為桂林、象郡、南海，以適遣戍。……三十四年，適治獄吏不直者，築長城及南越地。

《史記》的記述非常簡單，戰爭過程沒有詳細描述，似乎秦始皇一出兵就完成了征伐任務，設置了嶺南三郡，其實不然。同時期的《淮南子》有稍微詳細的記述。

《淮南子》卷十八·人間訓載：

> 又利越之犀角、象齒、翡翠、珠璣，乃使尉屠睢發卒五十萬，為五軍，一軍塞鐔城之嶺，一軍守九疑之塞，一軍處番禺之都，一軍守南野之界，一軍結餘干之水。三年不解甲馳弩，使監祿無以轉餉。又以卒鑿渠而通糧道，以與越人戰，殺西嘔君譯籲宋。而越人皆入叢薄中，與禽獸處，莫肯為秦虜。相置桀駿以為將，而夜攻秦人，大破之。殺尉屠睢，伏屍流血數十萬，乃發謫戍以備之。

歷史學界普遍認為，《淮南子》記敘的才是秦始皇發動的第一次征伐嶺南百越的戰爭，而《史記》記載的只是第二次戰爭。

《淮南子》記載秦兵伏屍流血數十萬，50 萬秦軍死亡約在 30 萬人上下，剩餘的隊伍無力繼續進攻。頑抗的百越軍傷亡同樣慘重，在秦軍退後也沒有力量繼續發動反攻。敵對雙方形成了長達 3、4 年時間的對峙局面。第一次秦甌戰爭後，雙方呈現膠著狀態。

秦始皇征戰嶺南百越的軍事行動，加強了中央王朝對嶺南的統轄，在客觀上對越人社會的政治、經濟、文化及民族融合產生了積極的影響，這是歷史的功績。第二次戰爭後約有 15 萬秦軍全部留在嶺南，這些秦軍與當地人通

婚、融合，逐漸成為當地居民，給嶺南帶來先進的生產技術，為嶺南的開發和建設奠定了基礎。所以，這次戰爭又促進了嶺南地區的與中原文化的融合，促進了嶺南的發展。據《史記》記載，秦朝曾有計劃地向嶺南移民一二十萬，其中多係戴罪在身的犯人或是王朝不放心他們留居中原的姓氏家族。後來戍守南疆的趙陀又上奏朝廷，請求遣送三萬名未曾婚嫁的女子到嶺南，為士卒縫補征衣，其實也是為了解決他們結婚成家的人生大事。秦始皇批准調集一萬五千名中原女子南下，到嶺南給留滯嶺南的十六萬秦軍官兵做「衣補」（妻子），當時下級軍官和士兵都沒有妻子，戰事停歇考慮到他們安家情緒，司令官提倡他們去找當地壯族女孩子為妻。結果在家裏丈夫講古漢語，妻子講古壯語，融合成了廣東白話。所以至今《漢語拼音方案》無法記錄廣東話，相反《壯文方案》可以記錄。這當然是「杯水車薪」，數十萬留守嶺南的秦軍，大多數都與本地的越族女子通婚了；另一方面，前來任職的任囂、趙佗等人也採用羈縻政策和與上層越族通婚等手段來加強和鞏固秦王朝對嶺南的統治。

這裡涉及到一個問題，即有的史書在編寫帝王將相史的時候，採用了傳說和其他形式的民間敘事。那麼，這是否意味著這類史書更多地反映或甚至代表了民眾或民間的態度和觀念，或是包括傳說在內的民間敘事真實含義的解讀呢？筆者認為答案是否定的。史家在史錄當中吸納民謠、傳說等口頭敘事的材料，這一做法司馬遷撰寫《史記》時便有。筆者認為，相對於完全摒棄這類材料的史家來講，這種做法更具史識。但是這並等於就是替民眾講話，是民眾心聲的反映。同一則傳說在不同記錄裏的意義是不一樣的。不僅正史記錄和口頭流傳的不一樣，就算同樣是正史，對同一歷史事件的記錄也是不一樣的。這一點從以上史書對秦始皇征戰嶺南這一事件的不同記錄可以看出來。

實際上，任何歷史記錄的真實性都是有限而且相對的，不存在絕對客觀真實的敘事內容，但任何敘事背後都隱藏著真實的敘述。筆者認為不論是正史或者傳說，都是通過締造歷史的事實，維護信仰的真實；任何信仰的真實，都是為了樹立和鞏固某種社會性的權威。至於被維護的是一種什麼樣的信仰，或者被樹立和鞏固的是什麼樣的權威，不能僅僅從敘事內容去推測，而應該充分考慮記錄者或講述者的敘事目的。

從情節類型的特徵來看，以歷史人物為主人公或者為依託是地方性傳說

的常見類型。作為地方傳說，這個歷史人物與當地的特殊聯繫是這類傳說的重要內容。一方面，傳說會與一定的歷史大事件相聯繫，使得故事獲得一定的歷史背景依託；另一方面，傳說通過確切地說明故事發生的時間、地點、人物姓名等，增強傳說的可信性。在這裡，講述者的真實目的並不是表達對這段歷史事件的看法，也不是簡單地推崇對事件主人公的景仰，而是以此使一則普通的傳說獲得歷史的位置，從而與社會，尤其是與所在地的鄉村社會建立聯繫，成為這個特定鄉村社會發展史當中意義重大的事項。而對照更大量的龍母口傳文本，將更清楚地展示出這類傳說在敘事模式上的功能化特徵所在。

第二節　龍母傳說的展演

傳說的發生歷程並非有一個固定的模式。有的傳說，先有一個簡略的「原型」，經過許多年代、諸多人群，逐漸敷衍、逐漸完善、漸次傳播開來，形成後來的面貌。傳說人物往往有名有姓，而這姓名有時是虛構的，流傳日久，時代相隔，彷彿變得曾經真有其人一般。有時的確有過此名、此姓的歷史人物，然而這名姓附麗於作為口頭藝術的傳說，無論在先在後也都是移花接木、借題發揮。用《紅樓夢》裏史湘雲的一句話來說，就是「這鴨頭不是那丫頭，頭上沒有桂花油」。廣大民眾在這個真名實姓下，演述的是自己虛構的故事情節。

關於龍母傳說在歷史上的形成和流變，我們目前所能夠確切掌握的材料還不多。因為這畢竟是一種主要流傳於底層民眾間的口頭文學。在當時的歷史條件下，不可能保存不同時空裏活生生的講述實況。當時的文人也還不可能十分詳盡、客觀、科學地記錄和描述這種講述實況。我們現在可以讀到的，只是漢文化系統中被個別文人偶而記錄在典籍中的一些傳說文本。用這些材料來描述龍母傳說在歷史上的講述狀況，是很困難的，但是我們仍然要努力去做。

由於歷史久遠，加上古代少數民族文字的不發達，我們至今無法從文獻典籍中發現有關原生態掘尾蛇傳說的文字記載，是故筆者以下所分析的龍母傳說展演的三個階段，是掘尾龍階段的龍母傳說。秦始皇征戰嶺南之後，漢文化傳入嶺南地區，百越之地的掘尾蛇傳說受到漢文化影響，逐步演變成掘

尾龍傳說。這裡所說的正是掘尾龍傳說的形成過程，當中自然也蘊涵著掘尾蛇傳說的信息。

一、雛型階段：漢代～南北朝

　　這裡，筆者將四組文本連綴一起，來討論龍母傳說發展到掘尾龍階段的體系，即南朝劉宋時范曄（398～445）的《後漢書・竇武傳》（約為公元 432 年至公元 445 年）；東晉干寶（？～336）撰著的《搜神記》的《竇氏蛇》（寫於公元 317 年至 345 年之間）；據稱為陶潛（352 或 365 年～427 年）所作的《搜神後記》中的《蛟子》以及晉代（281 年～316 年）顧微（生卒年不詳）的《廣州記》，時代跨度約為從漢代到南北朝。下面我們將對這些文本作一個初步的介紹。

　　根據現有古籍資料，龍母傳說的原始形態最早在《太平廣記》卷四五六引作《搜神記》中已有記載。《搜神記》在中國民間故事史的研究上佔有十分重要的位置。袁珂先生說：「如果說《山海經》是保存中國神話材料最豐富的一部書，那麼晉代干寶的《搜神記》，其保存神話材料的豐富，就要算是第二了」。〔註3〕袁珂先生是從神話史的角度來講的，而劉守華認為「如果專就古代故事史的研究而言，材料之豐富當首推《搜神記》」。〔註4〕

　　《搜神記》由東晉史學家、文學家干寶編撰。干寶的《搜神記》不是一下子寫成的，從晉元帝建武元年（317 年）就開始搜集材料，著手撰集，約到永和初（345 年）完稿，前後經歷了 30 年。〔註5〕

　　《搜神記》又稱《搜神錄》、《搜神異記》、《搜神傳記》等，原書傳至宋代，就已散佚。今天我們見到的 20 卷本，據學人考證，可能是明代胡應麟（1551～1602）從《法苑珠林》、《太平廣記》等類書中輯錄而成的，近人余嘉錫《四庫全書辯證》稱：「余謂此書似出後人綴輯，但十之八九出於干寶原書（此但約略就其可考者言之）。若取唐、宋以前諸書所引，一一檢尋，尚可得其出處；與他書之出於偽撰者不同」。有鑑於此，魯迅在《中國小說的歷史的變遷》中，便稱它是「一部半真半假的書籍」。《搜神記》它有多種流行刊本，現以中華

〔註3〕袁珂：《中國神話史》，上海文藝出版社，1988 年，第 167 頁。
〔註4〕劉守華：《中國民間故事史》，漢口：湖北教育出版社，1999 年 9 月，第 98 頁。
〔註5〕參見李劍國：《唐前志怪小說史》，南開大學出版社，1984 年版，第 279～181 頁。

書局於 1979 年出版的汪紹楹的校注本最為完善。該書《出版說明》很恰當地指出，這個經胡應麟輯錄而傳世的 20 卷本，「多數條目大抵出於干寶原書。但胡氏鈔攝時亦有闕遺，並有濫收他書而造成的錯誤」。

《搜神記》共 464 則，《中國神話史》指出書中最有價值的民間神話傳說有 10 則，並引述《蠶馬》、《如願》兩篇加以評說。其中情節較為完整的故事傳說，值得故事史加以審視的作品在 50 篇上下，約占全書的十分之一。主要類別有神仙故事，精怪鬼靈故事，善惡報應故事，動物報恩故事，以及人與神、人與異類包括鬼靈相戀成婚的故事等。它們有的「承於前載」，錄自前人著述之中；有的則由作者「採訪近世之事」，來自當時人們的口頭傳說，最值得珍視的當然是後一類作品。

《搜神記》卷十四的《竇氏蛇》原文如下：

> 後漢定襄太守竇奉妻，生子武，並生一蛇。奉送蛇於野中。及武長大，有海內俊名。母死將葬，未窆。賓客聚集，有大蛇從林草中出，徑來棺下，委地俯仰，以頭擊棺，血涕並流，狀若哀慟。有頃而去，時人知為竇氏之祥。〔註6〕

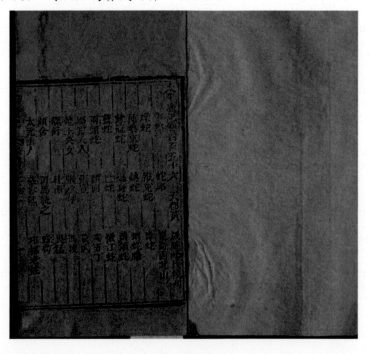

〔註6〕見《太平廣記》卷四百五十六引《搜神記》，天都黃晟曉峰氏校刊，清道光26 年〔1846〕，書影見圖1～2。

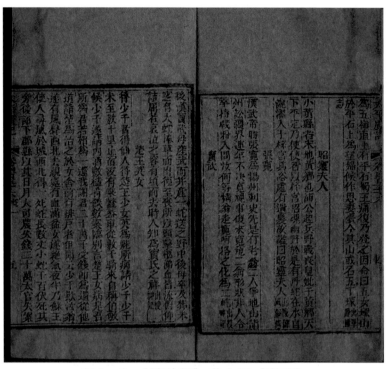

圖1～2：《搜神記》卷十四《寶武》

　　這個記載的主要情節為：女子生蛇；棄蛇野中；母亡，蛇歸來祭母、哭母。內容上看，該文本雖然與後世流傳的龍母傳說還有很大差距，但已出現蛇歸來祭母這一情節，尤其對哀慟祭母的情景渲染得格外強烈感人。就目前所知的文獻記載來看，龍母傳說至少在漢代就開始形成了。

　　第二個文本是頗有爭議的陶潛的《搜神後記》中的《蛟子》。《搜神後記》亦稱《續搜神記》或《搜神續記》，凡十卷，舊題晉陶潛撰。

　　陶潛，就是我們熟悉的晉代著名詩人陶淵明。他有「天道幽且遠，鬼神茫昧然」（《怨詩楚調示寵主簿鄧治中》）的詩句，不像干寶那樣篤信鬼神。因此很早就有人對他能否寫出《搜神後記》這類侈談鬼神精怪的書表示懷疑，《四庫全書總目》引沈士龍的說法，稱「其為偽訛，故不待辨。」魯迅在《中國小說的歷史的變遷》中也說：「至於《搜神後記》，亦記靈異變化之事，但陶潛曠達，未必作此，大約也是別人的託名。」〔註7〕余嘉錫（1884～1955）《四庫提要辯證》考訂此書題作陶潛撰，「自梁已然，遠在《隋志》之前。」南朝梁慧皎（497～554）《高僧傳序》中就已提及「陶淵明《搜神錄》」。此時，距

〔註7〕魯迅：《中國小說的歷史的變遷》，三聯出版社，1958年，第12頁。

陶淵明生活時代不遠，記述應當是可信的。至於書中有少數條目所記之事發生在陶潛之後，應屬後人增益，這在古籍中是常有的事。陶潛雖不篤信鬼神之說，卻喜愛古代神話傳說，「泛覽《周王傳》，流觀《山海圖》」，曾寫過《讀山海經》詩13首，被《山海經》中的神異境界所深深吸引，撰述《搜神後記》一書也是完全可以理解的事。根據上述理由，筆者贊同《搜神後記》為陶潛所作的說法。

《搜神後記》有多種版本流行於世，汪紹楹的校注本收117條，另附佚文6則。《唐前志怪小說史》認為它們「極少數取自《搜神記》、《孔氏志怪》、《靈鬼志》等，絕大部分採自當時傳聞，多有新鮮優美的故事」，因而它在民間故事史上的研究格外值得我們珍視。

《搜神後記》卷十《蛟子》全文如下：

> 長沙有人，忘其姓名，家住江邊。有女子渚次浣衣，覺身中有異，後不以為患，遂妊身。生三物，皆如鰻魚。女以己所生，甚憐異之。乃著澡盤水中養之。經三月，此物遂大，乃是蛟子。各有字：大者為「當洪」，次者為「破阻」，小者為「撲岸」。天暴雨水，三蛟一時俱去，遂失所在。後天欲雨，此物輒來。女亦知其當來，便出望之。蛟子亦舉頭望母，良久乃去。經年後，女亡。三蛟子一時俱至墓所哭之，經日乃去。聞其哭聲，狀如狗嗥。〔註8〕

該文本較完整地敘述了龍母傳說的情節結構，即女子在水濱感應懷孕而生三蛟子；蛟子長成後離去；蛟子思念母親，不斷回家望母；母亡後三蛟子前來祭母、哭母。這個記載已經包含有後世龍母傳說的兩個重要情節：蛟子長成後離家以及母亡後，蛟子前來拜祭。從內容上，《蛟子》在沿襲《竇氏蛇》框架的基礎上，又有所增益。首先是蛇（蛟子）的來歷，由女子自然分娩變為女子在水濱感應懷孕；其次是蛇的數量，由一蛇增為三蛟子；然後是蛇的命運，由最初的「奉送於野中」改為「甚憐異之，乃著澡盤水中養之」，即由被遺棄於野外變為畜養在家中，等到長成後蛟子自動離去；再次，補充了蛟子不斷回家望母的情節，體現了蛟子對生母的思念之情；最後在母亡，蛇（蛟子）歸來祭母、哭母的情節上，兩個文本基本保持了一致，只是在哀慟的描寫上，《蛟子》明顯不如《竇氏蛇》渲染得那麼強烈。

〔註8〕詳見（晉）陶潛撰，《搜神後記》卷下之九，《搜神後記》二卷，清刻本。

故事中的「蛟」也就是龍,許慎(約公元 58 年～約公元 147 年)《說文解字》稱:「蛟,龍之屬也。」那位長沙女子所產的三個蛟子也就是龍子。本篇故事主要由女人生龍子,龍子回家望母,母死後龍子又前來祭母、哭母這三部分構成,它們涵蓋了這個女人的一生。敘述雖然粗略卻頗為完整,而「當洪」、「破阻」和「撲岸」三個蛟子的名稱則蘊含著豐富的百越民族的文化內涵。這將在以後的章節中詳述。

還有一則《張魯女》,出自《道家雜記》,正與其相呼應:

> 張魯之女,曾浣衣於山下,有白霧濛身,因而孕焉。恥之自裁;將死,謂其婢曰:「我死後,可破腹視之。」婢如其言,得龍子一雙,遂送於漢水。既而女殯於山,後數有龍至,其墓前成蹊。〔註9〕

〔註9〕〔宋〕李昉等編:《太平廣記》卷四百十八引《道家雜記》,清道光 26 年〔1846〕,書影見圖 3～4。

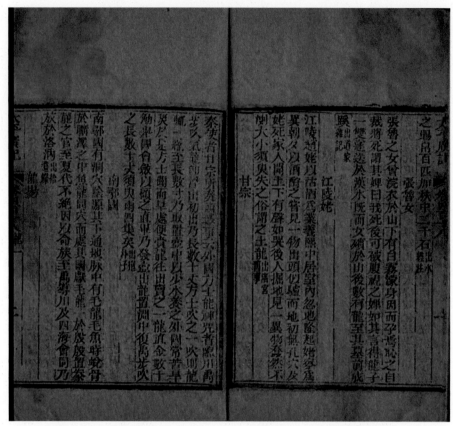

圖3～4：《張魯女》，出自《太平廣記》之《道家雜記》。

　　《蛟子》和《張魯女》兩個文本都提到了女子在水邊感應懷孕而生下龍子，以及龍子望娘、回家祭掃母墳等情節單元。感應懷孕生龍子的母題由古神話中移植而來，《後漢書·南蠻西南夷列傳》中所載哀牢夷有一婦人捕魚水中，「觸沉木若有感」，後懷孕所生之子即龍子，推以為王，稱九隆。這個九隆神話是人所熟知的。它們屬於以龍為圖騰的母系氏族的神話傳說，所生的龍子因神奇不凡往往被推舉為首領，賦予英雄的品格；故事顯然以人們「只知有母，不知有父」的母系氏族社會為背景，故尊崇龍母的感情表現得特別濃烈。《蛟子》和《張魯女》源於古神話的印記十分明顯。

　　但《蛟子》一篇有跨越神話的敘事形態，具備了後世民間幻想故事的特質，那就是神聖性的消退與世俗性的增強。女子生下來的並非像九隆王那樣神聖勇武、成為立國君主的龍子，而是形如鯰魚，聲如狗嗥的怪物。雖然按照古典文獻的釋義，「無角曰蛟」，或「小曰蛟，大曰龍」，或直稱「蛟龍」，而在民間文化中蛟卻是有別於神龍的水中精怪，後世進一步演化為「孽龍」，儘管有巨大能

耐卻受到社會歧視。然而它們卻極通人性，事母至孝，只要是下雨天，就前來「舉頭望母，良久方去」，母親死後又至墓前痛哭經日，引起人們深切同情。在這虛構的幻想情節裏，躍動著的卻是現實世界裏母子相依為命，至親至愛之情。

第三個文本，是南朝劉宋時范曄的《後漢書·竇武傳》的《竇武》。前文提到的《搜神記》其實也不是龍母傳說最早的文獻記錄，《太平廣記》卷四五六引作《搜神記》，實際上，它出自《竇武》，其文獻記載更早，只是原書已散佚。

第四個文本是晉代顧微的《廣州記·程浦溪》，《太平寰宇記》引《廣州志》曰：

> 顧微《廣州記》云：浦溪口有龍母養龍，裂斷其尾，因呼其口為龍窟（掘），人時見之，則土境大豐而利涉。〔註10〕

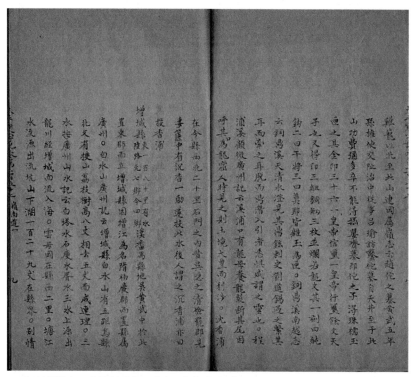

圖5：《廣州記·程浦溪》，《太平寰宇記》二百卷之卷一五七（影印本）

《北堂書鈔》引《南海記》（疑為《廣州記》）亦作「程溪蒲口」。

「顧微《南海記》云，程溪蒲口有蒲母養龍，斷其尾，因名龍掘，見時

〔註10〕〔晉〕顧微：《廣州記》（不分卷），引自《太平寰宇記》卷一五七《嶺南道一·廣州·南海縣》。《太平寰宇記》二百卷（影印本），（宋）樂史撰、（清）陳蘭森補，揚州：江蘇廣陵古籍刻印社，1990年，書影見圖5。

人見之則境大豐也。」〔註11〕

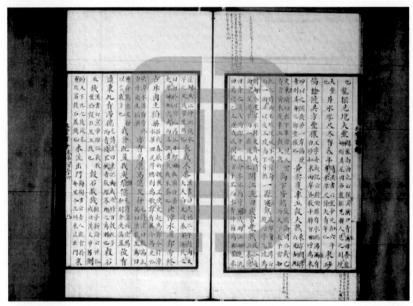

圖6：《南海記》，詳見《北堂書鈔》一百六十卷之卷一百五十六〔縮微品〕。

故以《太平寰宇記》為誤載，溪浦口亦即程溪口，蒲母（龍母）養龍，斷其尾，人見則風調雨順，五穀豐登。

　　此則記述情節非常簡單，用詞僅僅38個字，然而龍母傳說的核心情節，即龍母養龍和斷龍尾，已大略具備，語言質樸、毫無藻飾語。筆者查閱古籍文獻發現，這是迄今為止最早記錄龍母養龍和斷龍尾情節的文本，〔註12〕這個文本即使不是掘尾龍傳說的最初形態，也是非常接近了，值得重視。此後，《南越志》、宋人祝穆（？～1255）《方輿勝覽》卷三十五、清人屈大均（1630～1696）《廣東新語》卷六、《江西通志》卷一五九、李調元（1734～1803）《粵東筆記》、劉應麟《南漢春秋》等，皆有類似記載。

　　初步分析完四個文本，可以把它們重新安排位置，那就是：

　　南朝劉宋時范曄的《後漢書‧竇武傳》的《竇武》；

　　　晉代顧微的《廣州記》；

　　干寶撰著的《搜神記》的《竇氏蛇》；

〔註11〕〔晉〕顧微：《南海記》，引自《北堂書鈔》卷一百五十六。《北堂書鈔》一百六十卷〔縮微品〕，（唐）虞世南輯，清抄本，書影見圖6。

〔註12〕容肇祖在其《德慶龍母傳說的演變》一文中，認為記載龍母傳說的最早文獻是唐劉恂的《嶺表異錄》；而蔣明智認為是南朝沈懷遠的《南越志‧端溪溫媼》。

陶潛所作《搜神後記》中的《蛟子》。

我們把四組文本定為最初的系統，並非意味著就是以這四組文本為開端，去展開下面的論說。相反，筆者認為，研究對象如何或為何緣起的意義並不弱於研究它所取得的成就的意義。

二、成型階段：唐宋時期的「龍母」

南朝時出現了龍母傳說的典型文本，即沈懷遠的《南越志·端溪溫媼》，後人注明轉引或輯佚該書者，有宋代樂史（930～1007）的《太平寰宇記》，清人張英（1637～1708）、王士禎、王惔等修纂的《淵鑒類函》之《南越志》，及清人鄧淳（1776～1850）所著《嶺南叢述》等。在此，我們抄錄較早的《太平寰宇記》所引《南越志》如下：

> 昔有溫氏媼者，端溪人也。居常澗中，捕魚以資日給。忽於水側遇一卵，其大如斗，乃將歸，置器中。經十許日，有一物，如手掌，長尺許，穿卵而出。媼因任其去留。稍長二尺，便能入水捕魚，日得十餘頭。再長二尺許，得魚漸多。常遊波中，縈回媼側。媼後治魚，誤斷其尾，遂逡巡而去。數年乃還，媼見其輝色炳耀，曰：「此龍子，今復來也。」因得之，盤旋遊戲，親馴如初。秦始皇聞之，曰：「此龍子也，朕德之所致。」乃使以赤圭之禮聘媼。媼戀土，不以為樂，至始興江，去端溪千餘里，龍輒引船還，不逾夕，至本所，如此數四，使者懼而卒，止不能招媼。媼殞，葬於江陵，龍子常為大波，至墓側，縈浪轉沙以成墳，土人謂之掘尾龍。南人謂船尾龍掘尾，即此也。

《淵鑒類函》卷四三七所引《南越志》的引文如下：

> 昔有溫氏媼者，端溪人也。居常澗中，捕魚以資日給。忽於水側遇一卵，其大如斗，乃將歸，置器中。經十許日，有一物，如守宮，長尺許，穿卵而出。媼因任其去留。稍長二尺，便能入水捕魚，日得十餘頭。再長二尺許，得魚漸多。常遊波中，縈回媼側。媼後治魚，誤斷其尾，遂逡巡而去。數年乃還，媼見其輝色炳耀，曰：「龍子今復來也。」因盤旋遊戲，親馴如初。秦始皇聞之，曰：「此龍子也，朕德之所致。」乃使以元圭之禮聘媼。媼戀土，不以為樂，至始興江，去端溪千餘里，龍輒引船還，不逾夕，至本所，如此數

四，使者懼而卒，止不能招媼。〔註13〕

可見，以上兩個注本中只有個別詞句微有改易（上文劃線處），情節大致相似。只是《淵鑒類函》版本相較《太平寰宇記》版本缺少了「媼殞，葬於江陵，龍子常為大波，至墓側，縈浪轉沙以成墳，土人謂之掘尾龍。南人謂船尾龍掘尾，即此也。」主要由以下幾部分組成：溫媼水邊撿到一大卵；孵出龍子；溫媼治魚誤斷龍尾；龍子離去，數年後歸來；秦始皇召媼入宮，經龍子阻撓而不得；媼殞，龍子葬母。這個文本在《廣州記》龍母養龍、斷龍尾的基礎上補充了秦始皇召媼入宮和龍子轉沙成墳的情節。

唐宋時期，異文增多，龍母傳說的內容也更加繁富。以唐代劉恂《嶺表錄異》所記載的《悅城龍母》為代表。筆者查閱古籍尋得兩個記述文本，具體如下：

> 溫媼者，即康州悅城縣孀婦也。績布為業。嘗於野岸拾菜，見沙草中有五卵，遂收，歸置績筐中。不數日，忽見五小蛇殼，一斑四青，遂送於江次，固無意望報也。媼常濯浣於江邊，忽一日，魚出水跳躍，戲於媼前，自爾為常。漸有知者，鄉里咸謂之龍母，敬而事之。或詢以災福，亦言多徵應。自是媼亦漸豐足。朝廷知之，遣使徵入京師。至全義嶺，有疾，卻返悅城而卒，鄉里共葬之江東岸。忽一夕，天地冥晦，風雨隨作，及明，已移其冢，並四面草木，悉移於西岸矣。〔註14〕

> 溫媼者，即康州悅城縣孀婦也。績布為業。嘗於野岸拾菜，見沙草中有五卵，遂收，歸置績筐中。不數日，忽見五小蛇殼，一斑四青，遂送於江次，固無意望報也。媼常濯浣於江邊，忽一日，見魚在水跳躍，戲於媼前，自爾為常。漸有知者，鄉里咸謂之龍母，敬而事之。或詢以災福，亦言多徵應。自是媼亦漸豐足。朝廷知之，遣使徵入京師。至全義嶺，有疾，卻返悅城而卒，鄉里共葬之江東岸。忽一日，天地晦暝，風雨隨作，及明，移其冢於西，而草木悉於西岸。〔註15〕

〔註13〕〔南朝・陳〕沈懷遠撰著：《南越志》五卷，公元557～589年，原書已佚。
〔註14〕〔唐〕劉恂：《嶺表錄異》三卷（縮微品），活字印本，清乾隆武英殿版，書影見圖7～8。
〔註15〕〔宋〕李昉等編：《太平廣記》卷四百二十四引自《嶺表錄異》，清道光26年〔1846〕，書影見圖9～10。

第一則為清乾隆時期的《嶺表錄異》，第二則為道光年間《太平廣記》所引《嶺表錄異》，紅色標引為二者出入之處，對比可見，故事主幹基本一致，個別細節表述有差異，文獻流傳之間尚有文字差別，口耳相傳的傳說流傳至今版本迥異，倒也不難理解了。

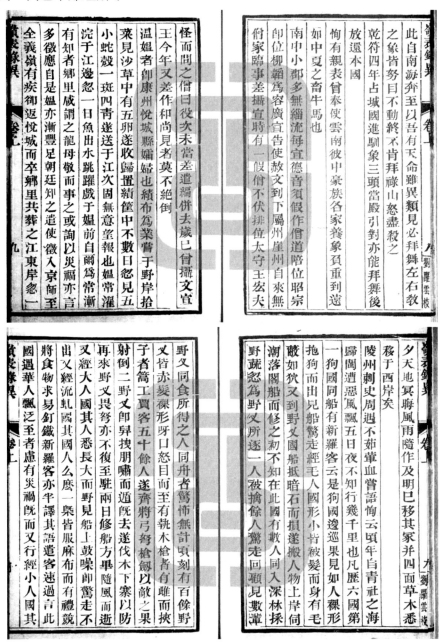

圖 7～8：《嶺表錄異》三卷之卷一（縮微品）

圖9～10：《溫媼》，出自《嶺表錄異》，見《太平廣記》卷四百二十四。

　　悅城縣屬廣州德慶州，容肇祖在《德慶龍母傳說的演變》一文中，將唐劉恂《嶺表錄異》的《悅城龍母》視為最早之文獻記載。該文從唐宋明清歷代詩文、縣志、碑記中搜尋有關溫媼神異事蹟的材料 10 餘則，詳述本傳說的歷史演變過程，使人深受啟迪。最值得我們注意的，一是很早就在當地建立了龍母廟，宋人鄧顯桓的《孝通廟記》稱：「凡仕宦之南北，商旅之往來者，靡不乞靈於祠」，並「歷享聖朝封誥之典」。因建廟封祀，便使其在民間的影響不斷擴張。二是傳說故事本身經眾口附會增飾，也有了新的發展，特別是在宋人筆下，龍子能「入水捕魚」，「縈回媼側」，又不讓龍母離開故土，「輒引船還」，媼死後，它們竟能「縈浪轉沙以成墳」，曲盡孝道；而龍母也有了預知人間災福的神通，並受到朝廷禮聘。這樣，龍母死後成為民間信奉的俗神便是理所當然的事了。

　　容肇祖認為，德慶龍母傳說於唐代出現後，到宋初時，「其歷史上的事蹟雖更神奇，而更加有象有徵，更覺可信了」。他斷定宋人筆下的龍母故事已具有完整形態是中肯的。至於它的雛型則應追溯至唐代以前，特別是《搜神後記》中的《蛟子》。

　　從內容來看，《嶺表錄異》相對於《南越志》所載龍母傳說的文本也有所變異：一是將老婦人說成是喪偶的寡婦，說明傳說所在的時代更晚近了，因為一般的感生神話都發生在「只知有其母而不知有其父」的母系社會，情節也大多是老婦人或未婚女子感孕育子，並未提及有配偶的，而將龍母的身份轉變為寡婦，說明當時的社會已經由群婚進化到對偶婚的文明時期；二是將龍母的職業由「捕魚以資日給」改為「績布為業」，說明龍母傳說所在的時代已由漁獵社會過渡到農耕社會；三是龍子由一守宮變為一斑四青的五小蛇。據《宋會要輯稿·禮四之十九》載：「京城東春明坊五龍祠，太祖建隆三年（962年）從元武門徙來此。國朝緣唐祭五龍之制，春秋長行其祀。先是熙寧十年（1068 年）八月信州有五龍廟，禱雨有應，賜額曰『會應』。自是五龍廟皆以此名額云。徽宗大觀二年（1108 年）十月，詔天下五龍神皆封王爵。青龍神封廣仁王，赤龍神封嘉澤王，黃龍神封孚應王，白龍神封義濟王，黑龍神封靈澤王。」蔣明智曾推想，五小蛇也許就來自唐代的祭五龍之制；〔註 16〕四是少了斷尾和南方謂船為龍掘尾的解釋，增加了龍母有疾而卒和移墓之

〔註 16〕葉春生，蔣明智主編：《悅城龍母文化》，哈爾濱：黑龍江人民出版社，2003年，第 161 頁。

說。這一演變，較之龍母傳說的雛型期有了較多的補充和豐富，符合傳說年代越近，說法越是繁複的一般演變規律。

三、定型階段：明清以降龍母傳說的變異

經唐宋的發展，龍母型故事更加完備，形態上也有了使人耳目一新的變異。明清以來更是擴大了它的流傳範圍，形成了嶺南「掘尾龍」和山東「禿尾巴龍」一南一北兩條「斷尾龍」傳說圈。

明代，悅城龍母傳說繼續保持著唐宋的風貌，更在洪武九年（1356年），得了特殊的封典，那時的誥敕文如下：

奉天承運皇帝詔曰：榮名封祀，惟聖與神。故有德於民者受太牢之祀，有功於國者，永膺至美之名。爾廣東道肇慶府德慶州悅城孝通廟靈濟崇福聖妃之神溫氏者，豢龍為兒，卻聘嬴秦。擁沙移墓，赫濯靈陵。漢初封為城溪夫人。歷朝征討不庭，則陣顯長蛇以助濟，風送轉運以奏凱。累封為靈濟，崇福聖妃。五龍子皆封侯。姊妹六人皆封夫人。今朕登極元年夏四月，命征南將軍廖永忠下嶺南，贛州衛指揮掠地至德慶，何真率李賢來歸。海不揚波，天戈所指，悉皆平夷，奏言聖妃輔國安民，用是封為護國通天惠濟顯德龍母娘娘，掌握風雲電雨嶽瀆山川，考較人間功過福善福淫，上奠神京之帶礪，下祐普天之蒼生，長龍子封為顯濟廣澤助順王；次龍子封為祐濟助澤廣惠王；三龍子封為助濟普澤敷潤王；四龍子封為友濟順澤惠福王；五龍子封為協濟敷澤嗣應王；厥姊封為柔澤翊衛贊靈夫人；妹封為美澤昭惠協順夫人；結義鄰姬許氏，封為殿前贊澤夫人；鄧氏封為殿前翊濟夫人；黃氏封為殿後裹澤夫人；魏氏封為殿後協澤夫人。各轄所隸神員，奉行無私，內為龍母之輔弼，外為皇國之股肱。賜福四民勿屆東西南朔；威壓萬波，應被往古來今。世世遣官致祭，億萬斯年，與國無疆。爾神靈凜凜如生，承朕休命。洪武九年四月十九日。（見黃培芳輯《悅城龍母廟志》）

這種誥敕，使神的實力更為擴大。但是誥敕裏所說「漢初封為程溪夫人」，這也是一種無可稽考的傳說，宋吳揆賜額記亦不過只說「唐天祐初載，始封母溫永安郡夫人」。這裡竟然說及漢代的封號了。又五龍子之外，又有

六夫人的封號，六夫人一是溫母的姊，一是她的妹，三是她的結義姊妹。這些傳說，又是出乎唐宋以來的傳說以外的。傳說有了這誥敕作為憑證，真是煞有介事了。

　　明清時期，龍母傳說的另一變異便是姓氏之爭，即姓蒲和姓溫的傳說不同。《德慶州志》載《龍母溫氏媼》云：

　　　　龍母溫夫人，晉康程水人也。夫人姓蒲，誤作溫，然其母墓當靈溪水口，靈溪一名溫水，以夫人姓溫，故名。或曰溫者，媼之訛也。夫人故稱蒲媼，又稱媼龍。唐李紳詩風水多虞祝媼龍。媼非生龍者也，得大卵而畜之龍子出焉。蓋古之豢龍氏也。〔註17〕

〔註17〕詳見《德慶州志》卷五《壇廟》，引自《德慶州志》十五卷，（清）楊文俊修，（清）朱一新、黎佩蘭纂，清光緒 25 年版，書影見圖 11～12。

—39—

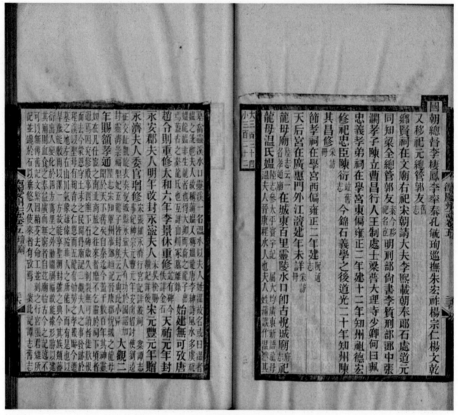

圖11～12：《德慶州志》卷十五

又有《肇慶府舊志》記載如下：

　　秦時蒲媼者，居悅城之南。一日浣於江側，得卵大如斗，懷歸數日，出五物如守宮，豢養漸長，放於江，能入水取魚，往觀，輒薦魚於媼側而去。數年乃還。媼曰，「龍子復來耶？」始皇聞之，召媼。媼行，中流挾舟而還。後媼死，鄉人葬之程浦水口左滋。

　　一夕風雨雷電大作，乃前守宮化為五龍，移於北岸，壅沙成墓，因立孝通廟以祀之。宋元豐賜敕曰永濟夫人。迨明朝洪武初，詔程溪龍母。永樂間，州判官徐行始赴任，泊舟悅城，夜夢老媼蓬垢襤褸，曰，願乞金。忽覺，莫曉其故。遲明，登岸，見神廟相，儼如夢中，乃製衣而飾其象。

又清代屈大均《廣東新語·龍母》有云：

　　龍母溫夫人者，晉康程水人也。秦始皇嘗遣使盡禮致聘，將納夫人後宮。夫人不樂，使者敦迫上道。行至始安，一夕，龍引所乘船還

程水。使者復往，龍復引船以歸。夫人沒，葬西源上。龍嘗為大波縈浪轉沙以成墳。會大風雨，墓移江北。每洪水淹沒，四周皆濁，而近墓數尺獨清。墓之南有山，天將雨，雲氣必先群山而出，樹林陰翳，有數百古木，人不敢伐，以夫人有神靈其間云。夫人姓蒲，誤作溫。然其墓當靈溪水口。靈溪一名溫水，以夫人姓溫，故名。或曰溫者，媼之訛也。夫人故稱蒲媼，又稱媼龍。唐李紳詩「風水多虞祝媼龍。」然媼，非生龍者也。得大卵而畜之，龍子出焉。養之以飲食物，龍得長大，蓋古之豢龍氏也。始皇以為神，遣使迎媼。以嘗聞徐福言「海神之使者，銅色而龍形，光上照天」，意媼其同類也。求三神山，患且至，船風輒引而去，豈亦龍之所為耶？〔註18〕

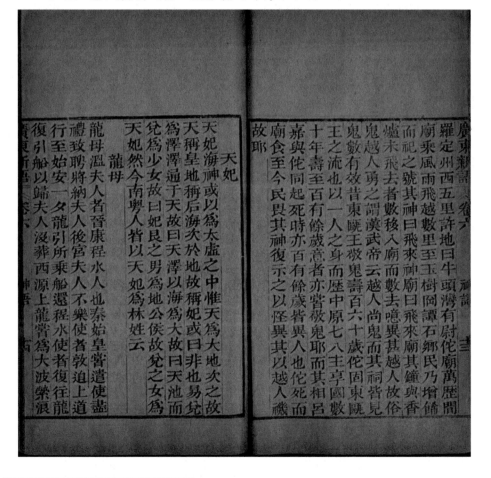

圖13～14：《廣東新語》二十八卷之卷六《神語》

劉應麟《南漢春秋》之《龍母夫人廟》又載：

> 廟舊名博泉神廟，在德慶州東一百里悅城之南。相傳昔有蒲
> 媼，於水滸得一卵大如斗，持歸置器中。經數日，忽有一物若守
> 宮，長尺餘，穿卵而出，能入水捕魚。忽一日，治魚，誤斷其尾，
> 遂去。後數年乃還，始知其為龍也。會媼死，瘞江陰，龍嘗鼓波
> 至墓側，縈浪轉沙以成墳。一夕，其龍將墳移於北岸。凡洪水淹
> 沒，周圍皆濁，而近墓獨清云。後主大寶九年，封為龍母夫人。
> 〔註19〕

〔註19〕〔清〕劉應麟：《南漢春秋》，含章書屋藏版，道光七年，書影見圖15。

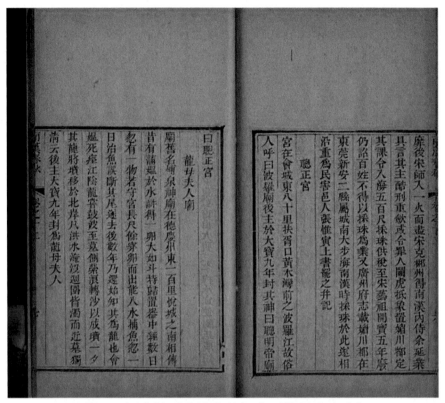

圖 15：劉應麟《南漢春秋》之《龍母夫人廟》

以上記載，或說龍母姓蒲，或說蒲誤作溫，媼訛傳為溫，以及「洪水淹沒，四周皆濁而近墓數尺獨清；墓之南有山，天將雨，雲氣必先群山而出……」等說法，都是明清時期才興起的，這些都是平常易於附會的事情。以傳說改事實，以不誤為誤，是通俗上常有之事，無從稽考也不必稽考。至於龍母姓氏及出生地，本課題將在以後的章節中論述。

到了康熙年間，龍母的傳說更加詳細了。清人盧崇興有《悅城龍母廟碑記》云：

　　……龍母之先，粵西藤縣□□人，姓溫，□□□□□□□梁氏，遂家焉。生女三，龍母居其次。生於楚懷王辛未年五月之八日。即發長滿尺，而容復瑰偉。稍長，遂以利濟萬物於□。每過□□，與□語者□□□□，□消長，輒有所驗。當時謂為神女。而龍母多疾痛，旬日不食，而面無改色。尤善女紅。一日浣紗於江上，偶得一卵，大如斗，其□四□□□□□□□□□物為□□放之水，能取魚。龍母常往觀之，每以魚置其旁。而龍母因治魚，揮刀適中一尾，遂去。

數年乃還，頭角崢嶸，身皆鱗甲，文分五色。□□□□□□□□□□□龍乎，郡守上其事。時始皇三十六年春，遣使在黃金白璧聘之，強而就道。舟至始安郡，龍引舟還悅城。使者復督舟行，龍復引歸。□□□□□□□□□□仍日以濟物放生為樂。又性喜白鹿，農人惡其傷稼，龍母斷其一足，放之南麓，一日，因觀鹿渡江，舟覆而溺。詰朝，龍母歸□□□□□□□□□□□兒曹家來耳。越明年，以疾終。隨有五秀士乘一葦至，如執親喪，喪禮畢具。已築墓於南岸青旗山矣。忽一夕，於烈風雷雨之中，□□□□□□□□□□□□之墓於北岸黃旗山內。遠近靡不神之，遂立其廟於墓右，而五龍易為五蛇之形，朝夕出入於廟墓之間，如守制然。更有白鹿黃猿守墓□□□□□□□□□□□□又立五龍以祀之。從此往來之士庶農商報賽禱祝者絡繹如織，千百年如一日也……〔註20〕

另有清人程鳴重刊的《孝通廟舊志》曰：

敕封護國通天惠濟顯德龍母娘娘溫氏，晉康郡程溪人也。其先廣西藤縣人。父天瑞，宦遊南海，取程溪悅城梁氏，遂家焉。生三女，龍母其仲也。生於楚懷王辛未之五月八日。甫生，髮長竟尺，儀容瑰偉豐下。稍長，結鄰姬與其姊妹為七人，慨然有利澤天下之心。常於稠人中望空，似有與之應答。間有以出入詢者，輒中禍福，時人目為神女。然多病，旬日不食，不改色。尤工女紅。一日，浣紗於江，得卵大如斗，光芒射人。懷歸藏之，珍玩不置。遂於七月廿七日出五物，形如守宮，性喜水。母畚漸長，放之江中，能取魚。母往觀，輒以魚置其側而去。母因治魚水濱，五物環繞不絕。揮刀誤中一尾，遂去。數年乃還，頭角崢嶸，身皆鱗甲，文分五色，見者驚異。母喜曰，「吾子猶龍，今復歸也。」郡守上其事於朝。始皇三十六年，遣中使齎黃金白璧聘母，欲內於宮。母固辭使者強逼就道。旬日，舟之始安郡，及夕，龍引母舟還於程水。使者疑之，復督舟再去，龍復引歸。凡數四，乃知龍子之所為，具以聞，始皇乃止，母復與姊妹鄰姬濟物放生，發狂行樂。喜白鹿，常桊之，乘以出入。農人惡其害稼，母斷一足，放之南山麓。一日，母渡江觀鹿，舟覆母溺。次日，與所隨人俱歸，鄉人詢之，曰「吾從兒曹來耳」。明年得疾殞，前守宮化為五秀才，

〔註20〕《悅城龍母廟碑記》，康熙二十七年（1688年）。

乘葦東來，如報親喪，喪具靡不畢給。卜葬南岸青旗山之後。一夕大
風雷雨，怒浪奔濤，有鼓樂號泣之聲。黎明視之，江北灣地擁成陵阜，
而母墓移此。遠近來觀者莫不神之，相與立廟於墓右，能呼吸風雲，
變化萬千。凡水旱疾疫，隨叩隨應。往來仕者商者，咸沐其庥。時有
白鹿黃猿守墓，朝夕叫號者竟年。又有二大蛇，常在廟中，三蛇常在
墓側，與之酒則飲，聞樂益飲，鄉人號為五龍。廟所最大者為之掉尾，
有變化不測，即母所撬者。廟志左曰黃旗山，有夜遊石，夜半放光，
形如寶鴨並遊，右曰青旗山，巨木鬱茂。舊有盜伐木，群蛇迭次，盜
暴亡，有三足鹿，即母所豢者，善鳴，鳴輒驗。如在上隅鳴者，貴官
詣廟，自上來。山下隅鳴者，則自下至。迄今一毫不爽。有猿，有白
鵬，有麞，有野牛迭出，並無一人驚之。故鼎革以後，大江山木濯濯，
獨此山蔥鬱不改。則神靈顯赫可知也。……〔註21〕

　　上述的碑記及廟志，就是龍母傳說之大成。清代以來的龍母傳說，不僅
角色中增加了的父母和六姊妹，連父母的姓氏、龍母某年某月的生辰都知道
了。情節中增加了龍母濟物放生、豢養白鹿及五秀才守制等。龍母的故事，
到此可謂極具完備。

　　山東的禿尾龍俗稱「禿尾巴老李」，見於記載較晚，我們可以舉出清代的
三個文本：

　　　　安興鄉李溪有虞嫗者，因驟雨，以杯承簷間水。水中浮紅絲縷，
　　飲之遂孕。及期，產一蛇，身具五色。嫗怖，裹而投之溪。每至溪
　　浣洗，蛇輒來就乳。乳亦湧射，蛇以咽承之。既而厭惡之，砍以刀，
　　正斷其尾。蛇忽變頭角，巨軀絳章，風雨大作，雍土成墩，而嫗已
　　葬其中矣。龍出溪去，行輒回首顧，凡回者二十有四，一回則成一
　　灣，俗稱望娘灣。……每歲寒食及十月節前後，必有風雨，昏黑數
　　十里。繞葬處雨雹交下，皆云龍祭掃。至則河魚上雍，居民持網以
　　俟，有一個而獲魚數石者。漁家每覘龍之出入以卜魚利。〔註22〕

　　這個文本沒有出現「禿尾巴老李」的稱謂，但情節結構已與後世故事基
本相同，大概是「禿尾巴老李」較早的形態。

〔註21〕《孝通廟舊志》，康熙四十九年（1710年）。
〔註22〕〔清〕陳夢雷、蔣廷錫等編：《古今圖書集成・職方典》引《高淳縣志》，上
　　　　海：中華書局出版，民國23年（1934年）。

再看另外兩個文本，一是袁枚《子不語》中的《禿尾龍》。

山東文登縣畢氏婦，三月間漚衣池上。見樹上有李，大如雞卵，心異之，以為暮春時，不應有李。採而食焉，甘美異常，自此腹中拳然，遂有孕。十四月產一小龍，長二尺許，墜地即飛去，到清晨，必來引其母之乳。父惡而持刀逐之，斷其尾，小龍從此不來。後數年，其母死，殯於村中。一夕，雷電風雨，晦冥中，若有物蟠旋者。次日視之，棺已葬矣，隆然成一大墳。又數年，其父死，鄰人為合葬焉。其夕，雷電又作。次日，見其父棺從穴中掀出，若不容其合葬者。嗣後，村人呼為禿尾龍母墳，祈晴禱雨，無不應。此事，陶悔軒方伯為余言之。且云偶閱《群芳譜》云：「天罰乖龍，必割其耳，耳墜於地，輒化為李。」畢婦所食之李，乃龍耳也，故感氣化而生小龍。〔註23〕

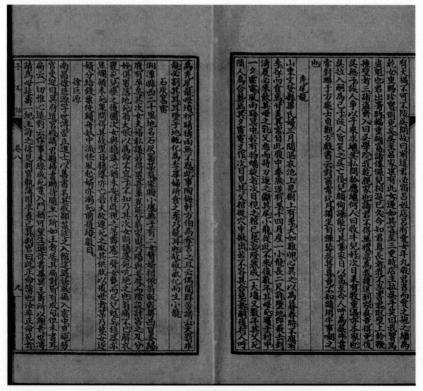

圖16：袁枚《子不語》中的《禿尾龍》

〔註23〕〔清〕袁枚：《子不語》二十四卷，上海文明書局，民國間〔1912～1949〕，書影見圖16。

二是吳趼人《札記小說》中的《龍》。

> 膠州貓兒嶺下，有虹溪。溪盡處，有泉曰「龍泉」。相傳李氏婦浣磯上，有鰍繞磯，游泳數匝而去，婦若有所歆感，歸遂娠。數月，忽產蛇，驟離母腹，即暴長七八尺。其夫駭甚，執鍬斬之，僅斷其尾。蛇奪門去，入溪而沒。是秋大雷雨，溪暴漲，有黑龍游戲波間，禿尾宛然，俄風雲擁之去。龍去而泉湧出，故曰「龍泉」。祈雨輒應。每將大雨，龍或隱約掉尾雲中，人咸呼為禿尾巴老李雲。〔註24〕

這兩個文本均出自膠州半島，可視為後世「禿尾巴老李」故事群的雛型。

袁枚所記，未說其姓李，但龍母食李，為後來姓李留下契機。吳趼人則直呼「禿尾巴老李」了。山東的龍母故事中，龍的原初形態是蛇，由龍母感孕而生，不同於嶺南掘尾龍的卵生，但在斷尾化龍的情節上卻是完全一致的。

另有一則嶺南掘尾龍故事的異文，如下：

> 粵中有禿尾龍之說。相傳某童子，鮝一小蛇，蛇漸長，至室不能容，乃縱之溪澗中，而斷其尾曰：「將以為識驗也。」既而蛇成龍，以禿尾故，不能昇天，每飛騰至半空中即復下。其飛騰一次，必大風雨為災。

這種說法比較接近於《嶺表錄異·悅城龍母》的型式，只是記述過於簡略。故事中的龍母變成了童子，龍的原初形態變成了蛇，但蛇化為龍依然是斷尾的結果。這說明到了晚清，一北一南兩條「禿尾龍」的傳說已經頗有勢力，在各自地域形成了一定規模的傳說圈。可見這一時期，百越民族原生態的掘尾蛇傳說在吸收漢文化的基礎上，已經完成了向次生態的掘尾龍的轉變。

第三節　西江流域龍母傳說的社會寫本

記載西江流域龍母傳說的地方文獻有地方志和廟志兩類，其中地方志有四種，它們是清《肇慶府舊志》、《德慶州志》、《藤縣志》和《孝通廟舊志》；廟志有七種，它們是宋代《賜額記》、《永濟行宮記》、清代《重建龍母廟序》、《悅城龍母廟碑記》、《重建龍母祖廟碑序》、《新建恩蔭亭碑記》和《建東裕堂公所記》。

〔註24〕〔清〕吳趼人：《札記小說·龍》，掃葉山房出版，1912 年。

從傳承方式的角度來看，根據文獻紀錄年代和記載方式的不同，筆者分別將上述多種傳說寫本分為四類：記錄本、轉錄本、轉寫本和引用本。其中記錄本，指南朝宋沈懷遠的《南越志》，它是目前龍母傳說有文可考的最早記錄。轉錄本指《淵鑒類函》、《太平寰宇記》和《嶺南叢述》中對《南越志》一文的複寫。轉述本，指《南漢春秋》和《廣東新語》當中有關龍母傳說的其他記載內容。引用本，指清代《德慶州志》中，對龍母傳說引用式記載。

本節依次描述和闡釋性地分析不同寫本的記載方式、主要內容和文本意義。這裡，每一次記錄都被視為一個完整而獨立的傳說文本；每一個記錄所包括的文本來歷、記錄目的和撰文者態度等信息，都被視為該傳說的上下文，賦予這則傳說特定的意義。這樣做的目的在於，發現這則傳說在特定鄉村社會中的傳播路徑和傳承脈絡，避免單純的文本堆積。〔註25〕

一、記錄本

記錄本是指民間傳說最早被文字記錄的文本形態。龍母傳說的記錄本是《南越志‧端溪溫媼》。

我們知道，考察一個傳說的口頭起源是徒勞的，而考察它的文字記錄緣起卻是可能的，有時還能成功。筆者查閱文獻資料發現《端溪溫媼》是迄今發現記錄龍母傳說最早、最完整的文本，全文如下：

> 昔有溫氏媼者，端溪人也。居常澗中，捕魚以資日給。忽於水側遇一卵，其大如斗，乃將歸，置器中。經十許日，有一物，如守宮，長尺許，穿卵而出。因任其去留。稍長二尺，便能入水捕魚，日得十餘頭。稍長五尺許，得魚漸多。常遊波水，縈回媼側。媼後治魚，誤斷其尾，遂逡巡而去。數年乃還，媼見其輝色炳耀，謂曰：「龍子盡復來也？」因盤旋遊戲，親馴如初。秦始皇聞之，曰：「此龍子也，朕德之所致。」乃使以元圭之禮聘媼。媼戀土，不以為樂，至始興江，去端溪千餘里，龍輒引船還，不逾夕，至本所，如此數次，使者懼而卒，止不能招媼。媼殞，瘞於江陰，龍子常為大波至墓側，縈浪轉沙以成墳，人謂之掘尾龍。今人謂船尾龍掘尾，即此也。

〔註25〕詳見徐亞娟：《珠江流域龍母傳說的展演》，載於《民族文學研究》，2010 年 3 期。

就資料的可信程度來看，沈懷遠所記「溫氏」、「守宮」、「龍子」和「掘尾龍」等關鍵詞，後來都被證明是傳說的基本元件，說明他的記錄基本是可靠的。文中介紹了龍母的姓氏、故鄉，敘述了龍母豢龍、誤傷龍尾、龍子離去、媼死、龍子歸來葬母的經歷，在描寫筆法上添加了個人富於文學表現力的風格，使得這則傳說在歷史性和傳奇性、虛構性等方面的特徵都很突出。

根據《端溪溫媼》所述，龍母姓溫，端溪人，以捕魚為生，因秦始皇感於其豢龍事蹟，有意徵召龍母納於後宮，龍母不樂，又因龍子阻礙未能成行。西嘔今稱西甌，是百越民族群體中的重要組成部分，主要分布在漢代的鬱林郡和蒼梧郡，其東有南越、東甌，北為五嶺，西有駱越，大致相當於今天的桂江流域和西江中游一帶。這正是龍母傳說的流傳地所在。

作為百越民族傳說故事的一部分，龍母傳說正是對這一史實的具現。秦始皇不惜重金徵召龍母入宮，礙於五龍子三引舟還而不得，這從一個側面反映了越人對秦始皇的抗拒心理。可見，龍母傳說是具有一定史實基礎。

但是文中還記錄了「龍引舟還」，「常為大波至墓側」，「縈浪轉沙以成墳」等情節，可見這一傳說的傳奇性和虛構性，可將其視為故事。

歷史性和傳奇性或虛構性，真真假假，僅從文本內容，很難在傳說與真實之間做出明確的劃分，事實上，在沈懷遠的記錄當中，這兩方面也是融合在一起的。重要的是，遂於悅城當地人而言，無論其中的神奇情節是否可信，無論秦始皇召媼入宮的做法正確與否，端溪溫媼的傳說是他們願意相信和維護的事實。

筆者認為，單純地辨析文本中的內容哪些可信，哪些不可信，即使不缺乏明證，也沒有太大的意義；同樣，單純地辨析當地人對文本中事件、包括事件細節敘述真實性的態度，即使可能，也不能反映他們最本質的想法。傳說的特徵就在於真真假假之間，關鍵不是敘事是否真實，而是敘事目的的真實，這才是傳說的社會功能和意義所在。

再者，由之後的轉錄、轉寫或引用來看，沈懷遠《南越志》當中龍母傳說的記載還是得到普遍認同的。

二、轉錄本

轉錄相當於複製，指文本內容原樣不動的照抄一遍。這裡判定轉錄本的參照是沈懷遠的《南越志》，因為它是目前發現的龍母傳說最早、最完整的記

錄本。宋人樂史編著的《太平寰宇記》，清人張英等修纂的《淵鑒類函》及清人鄧淳的《嶺南叢述》都全文轉錄了《南越志·端溪溫媼》。因為《南越志》早已散佚，現《太平寰宇記》當中的轉錄是它有文可據的最早保存本。轉錄原文如上引沈懷遠的《南越志》全文。根據《太平寰宇記》收錄文章的主題和風格，筆者認為，至少可以得到兩方面的信息：

第一，《太平寰宇記》收錄《南越志》，是對沈懷遠生動文筆的肯定，這確定了《端溪溫媼》的文學性質；

第二，《太平寰宇記》為北宋的地理總志，該書記載了各地自前代至宋初的州縣沿革、山川形勢、人情風俗、交通、人物姓氏、土特產等。廣泛引用了歷代史書、地志、文集、碑刻、詩賦以至仙佛雜記，計約二百種。由於所引諸書今多已散佚，故《太平寰宇記》的記載，對於研究自漢迄宋，特別是唐與五代十國史，具有重要的資料價值。該書還首次記錄了宋朝絕大多數州郡的主戶與客戶戶口統計，這對於研究宋朝的人口、戶籍、階級狀況，也極為珍貴。《太平寰宇記》還記載了各少數民族聚居區的戶口，有的還區分漢人與番人，甚至主戶、客戶數，對研究宋初少數民族的人口分布，邊遠地區的經濟面貌，也有參考價值。其中列入的諸多文章，除文筆取勝外，還在於所描述或敘述的對象在地方歷史或文化當中具有一定的影響力，收錄《端溪溫媼》有意或無意地增加了端溪的知名度，從而擴大了龍母傳說的傳承群體。這條信息非常重要。

清人張英修纂的《淵鑒類函》第二次以收錄《端溪溫媼》全文的形式轉錄龍母傳說。這次轉錄與北宋的《太平寰宇記》中的轉錄有異曲同工之處，既肯定了沈懷遠一文的文筆，賦予龍母傳說神異和傳奇色彩，而且又借助秦始皇召媼入京的情節，提高了龍母的民間聲望。

三、轉述本

轉錄本和轉述本是兩個不同的傳說寫本概念。轉述相當於轉寫，指文本內容被重新表述一遍。明代劉應麟的《南漢春秋》和清人屈大均的《廣東新語》中對龍母傳說的轉寫，提供了更多來自地方史的角度，有關龍母傳說傳播途徑的信息，更具體的展示出作為地方史的一部分，龍母傳說得到的認同。

《南漢春秋》中記載：

> 廟舊名博泉神廟，在德慶州東一百里悅城之南。相傳昔有蒲

媼，於水滸得一卵，大如斗，持歸置器中，經數日，忽有一物若守宮，長尺餘，穿卵而出，能入水捕魚。忽一日，治魚誤斷其尾，遂去。後數年乃還，始知其為龍也。今媼死，瘞於江陰，龍子嘗鼓波至墓側，縈浪轉沙以成墳。一夕，其龍江墳移於北岸。凡洪水淹沒，周圍皆濁，而近墓獨清之。後主大寶〔註26〕九年封為龍母夫人。

相對於沈懷遠的《端溪溫媼》，《南漢春秋》的文字雖然簡略，但是它簡明扼要地說明了三點：第一，龍母廟的地理位置；第二，蒲媼的身份；第三，掘尾龍的來歷。僅從轉寫內容的角度來看，後兩點可視為龍母傳說的濃縮版。

《廣東新語》中的《龍母》出自其中的卷六「神語」部分，顧名思義是記載當地神靈的專卷。龍母的排名緊隨天妃，而在西王母之前。為什麼如此安排？筆者有如下想法：

1. 排名在龍母之前的真武、伏波、天妃眾神都是在嶺南地區甚至全國範圍內比較有影響的神靈，龍母緊隨天妃之後而在西王母之前，說明龍母一定是嶺南地區的很有影響力的地方神。

2. 「神語」卷中的《龍母》，從地方史的角度肯定了龍母的影響力，肯定了龍母傳說的可信度。

3. 「神語」中的《龍母》給出了龍母傳說的四個組成要件：主要人物龍母、龍子和秦始皇；三個重要情節「得卵畜龍」、「始皇禮聘，龍引舟還」及「葬母移墓」。

總之，《南漢春秋》和《廣東新語》這兩則轉述文本，由於體裁所限，它們的文字都相對簡要。但轉述的意義不在於濃縮或者改動傳說文本。筆者以為，被列入不同卷目當中的轉述，都可視為這則傳說的傳播途徑，它們從不同的角度強化了傳說的信實度，使得龍母傳說得到地方史的肯定和認同，成為公認的、無可置疑的地方事實和史實。

四、引用本

引用與轉寫的性質相似，也是對傳說內容的重新敘述，但是，所謂引用本指有文字表明復敘有原出處。清代嘉靖年間的《德慶州志》當中便有一段龍母傳說的引用文字。

《德慶州志》：

〔註26〕大寶九年：大寶為南漢後主劉鋹年號，大寶九年為公元966年。

悦城縣程溪水，東去縣百步《元和郡縣志》。康州都城縣東百步有程溪，亦名零溪，溫媼養龍之溪也（《舊唐書‧地理志》）。城溪水在都城縣東百步，亦名靈陵水。《南越志》云：昔有溫氏媼者，端溪人也。居常澗中，捕魚以養。忽於水側遇一大卵如斗，歸置器中。經十餘日，有物如手掌，長尺餘，穿卵而出。媼因任其去留。稍長五尺，便能入水捕魚，日得十餘頭。稍長二尺許，得魚漸多。常遊波水，縈回媼側。媼後治魚，誤斷其尾，遂逡巡去。數年乃還，媼見其輝色炳耀，謂曰：「此龍子，今復來也？」因得之，蟠旋遊戲，親馴如初。秦始皇聞之，曰：「此龍子也，朕德之所至。」詔使以赤圭之禮聘媼。媼戀土，不以為樂。至始興江，去端溪千餘里，龍輒引船還，不逾夕至本所，如此數四，使懼而止，率不能召。媼殂，葬於江陵，龍子常為大波至墓側，縈浪轉沙，以成墳土。人謂之掘尾龍。南人以船為龍掘尾，即此也。……

清鄧淳的《嶺南叢述‧閨閣門》亦引用了劉恂的《嶺表錄異》中關於龍母傳說的這一段。

綜上所述，地方志、廟志中對龍母傳說的記載，以最初的記錄本為參照，發展出轉錄本、轉寫本和引用本等其他版本。從內容來看，各版本之間稍有分歧，文字上也有詳簡之別；但是，不同版本都是龍母傳說傳播的一個具體途徑，它提供了從敘事目的角度發現龍母傳說說明或解釋功能的途徑。

根據上文分析可知，不僅僅是悅城人，而且包括具有官方權威的地方史志，都肯定了龍母傳說出自悅城。無論傳說內容真實與否，當地人以相信的態度來講述這則傳說。不同版本的傳說記載共同完成了傳說可信性的推廣和鞏固。

第二章　西江流域龍母傳說的遷播

　　從漢代發展至清代，西江流域的龍母傳說始終在穩定的結構上進行不斷的展演。與其他流傳至今的傳說故事一樣，自從開始講述之後、自從有了聽眾之後、自從經歷歲月之後，那麼，它們所有的一切，不管是內容、形式還是流傳區域、受眾的價值判斷和審美感受，都成為個案不可或缺的組成部分，它們是一種互動的關係。

　　在對傳說的考察中，我們發現，西江流域的龍母傳說是以三條主線發展的：

　　第一，知識分子階層對龍母個案的運用。

　　第二，官方對龍母德行的誥敕與宣傳。

　　第三，民眾的俗文化體系。

　　這三條主線，僅僅是一個大致的分類，目的是使描述更為方便。其實，它們之間不可能有一個純然的界限，而是千絲萬縷的關聯著。例如地方志，許多本是出於知識階層的自發修撰行為，但最終得到了官方的青睞與接納。所以，並不需要也不可能劃分得非常絕對，我們要做的只能是在深入至每種文體時，把其間的各個層次展示出來，盡可能清晰地分析其間的關聯；另外這種關聯本身就揭示了各層次之間的某種默契，向我們展示了中國文化的某些特徵。

第一節　文人渲染

　　文人對龍母個案的運用有以下幾個方面：用於詩詞、用於筆記小說、論

說等各類應用文體，用於類書。

一、詩文演繹

唐宋以來許多文人墨客曾到過悅城龍母廟，留下了傳頌後世的詩篇，為後人管窺當時崇拜龍母的興旺情況提供了有力的證據。文人在詩詞文學中引用該個案，最早見於中唐時期李紳、許渾。

李紳（772～846），字公垂，潤州無錫人，唐中葉著名詩人，穆宗時為翰林學士，後為李逢吉所害，敬宗時被貶為端州司馬，武宗時官至宰相，出為淮南節度使，時號「短李」。其名句「誰知盤中餐，粒粒皆辛苦」早已流傳千古。在他被貶端州司馬時，嘗作《移家來端州先寄以詩》，詩文如下：

移家來端州先寄以詩

> 菊花開日有人逢，知過衡陽回雁峰。
> 江樹送秋黃葉落，海天迎遠碧雲重。
> 音書斷絕聽蠻鵲，風水多虞祝媼龍。
> 想見病身渾不知，自磨青鏡照衰容。〔註1〕

嶺南遠隔中原，「音書斷絕」，當地「風水多虞」，人們以「祝媼龍」為習俗，此處「媼龍」指代龍母，尤見當時龍母崇拜之興盛。

另外，晚唐著名詩人許渾（生卒年不詳），字仲晦，潤州丹陽人，尤以詠史詩見長。歷官至監察御史，他曾巡視南海郡，道經德慶悅城龍母廟，便作了《歲暮自廣江至新興往復中》，詩文如下：

歲暮自廣江至新興往復中

> 月在行人起，千峰復萬峰。
> 海虛爭翡翠，溪邏鬥芙蓉。
> 古木高生檞，陰池滿種松。
> 火探深洞燕，香送遠潭龍。
> 藍塢寒先燒，禾堂晚並舂。
> 更投何處宿，西峽隔雲鍾。

詩中注「香送遠潭龍」曰：「康州悅城縣有溫媼龍，即蛇也，隨水往，舟船至，人家或千里外皆以香酒果送之」。〔註2〕

〔註1〕《全唐詩》卷四百八十《李紳傳》，中華書局，1975年，第4999頁。
〔註2〕〔唐〕許渾：《丁卯詩集》，卷下《五言律詩》，四庫全書本。

李紳、許渾作為兩個外鄉人，遊歷悅城之後，感懷詩作中已然提及媼龍、潭龍者，可見龍母傳說在當地影響之深，進而可推知，中唐時期龍母傳說已經在悅城深入民心了。

之後，又有南宋李綱（1083～1140）因遭姦臣誣告，只做了七十五天宰相就被貶往儋州（海南省），建炎三年（1129 年）赴海南就任途經悅城，曾參拜龍母，留下《送迎詞》五首絕句。

《送迎詞》五首

（一）風雨瀟瀟雲氣浮，五龍歸覲到靈湫。
　　　星霜換易江山在，尚憶當年水際遊。

（二）五山秀峙若飛騰，下有澄潭百丈清。
　　　不用然犀窺秘怪，從來神理惡分明。

（三）萬霰千霆霹靂飛，潛藏神用濟蒸黎。
　　　何須簫鼓祈膏澤，肯為鄉人有所私！

（四）貝闕珠宮不可尋，時因風雨聽清吟。
　　　葉公好龍畫真龍，卻恨今無好畫心。

（五）日染波光紅灑灑，風搖浪影碧粼粼。
　　　神龍來去初無跡，多少江頭求福人。

五首詩作提及「五龍歸覲」正是龍母傳說中五龍葬母情節的體現。「神用濟蒸黎」、「多少江頭求福人」說明龍母廟祀靈響甚著，「鄉人以風雨候龍之歸」，宋時龍母祭祀之盛行可見一斑。

至元明清，隨著朝廷對龍母誥敕的增加，歌詠龍母事蹟或者直接以龍母為題的詩文也明顯增多。其中清代詩人梁九圖（1816～1880）的《龍母廟》詩中，「功傳漢代先邀敕，召卻秦宮反引舟」一句提到了始皇召媼入宮，五龍子引舟還的情節；崔清瀚的《七律一章》「秦時風雨漢時墓，雲嶺蜿蜒舊姓溫。白鹿黃猿當日異，青旗玉帶至今尊」提到了龍母本姓溫，曾豢鹿養猿，秦始皇時生人；黃培芳（1778～1859）的《奉題悅城龍母墓》「龍因母育傳秦代，母以龍尊顯漢時」，提及龍母豢龍的事蹟流傳於秦代，漢代受封於朝廷；張維屏（1780～1859）的《龍母廟》「龍象著蒼穹，龍祠母德崇。五男鱗甲現，一孝海天通」也介紹了龍母利澤天下，五龍子孝心感天的內容。以上節選的詩作，均以極其簡練的字詞描述了龍母傳說的內容。

二、筆記小說

除了上述詩文中的引用外，知識階層較多的是以引用或概述的方式將該傳說輯錄入各種類書或文集中，諸如唐代劉恂的《嶺表錄異》、清代屈大均的《廣東新語》及清代范端昂的《粵中見聞》。

> 夫人姓蒲，晉康程水人，晉康即今德慶州，夫人稱龍母者，因得大卵畜之，龍子生焉，養龍長大，非誕龍也，秦始皇嘗聞徐福謂海神之使者，銅色而龍形，光上照天意。夫人其類，是耶遣使禮聘使者敦迫上道，行至始安，一夕龍引所乘船還程水，使者復迫以往龍復引船以歸。夫人歿葬西源上，龍為大波瀠浪卷沙成墳，會大風雨，墓移江北，每洪水淹沒，四周皆濁旗，而近墓數尺獨清，宋紹定四年封為顯德夫人。德慶悅城水口有龍母廟，廟南之山曰「青旗」，多古木，舊有巨桂，土人伐作龍船，從水口至慶州五百餘里，一日往還。眾憚其太速，為四足於船底以阻水，不知龍飛以足，其速益甚，一擊鼓即越三灣。土人大懼，沉於水。次年五月出之，周船身悉生鱗甲，乘至楊柳沙驤首振尾，人船俱沒，金鼓聲隱隱，潭底久之乃絕，至今風雨晦冥船輒浮出，土人或於端午日祭之。青旗山中有三足鹿，秦時夫人嘗乘白鹿出入，辰人愍鹿害稼，夫人斷鹿一足。故今山鹿有三足者。〔註3〕

我們從中讀到的直接關係該傳說情節轉變的信息很少，以時代為序略加整理如下：

1. 唐代《嶺表錄異》：

人物：溫媼——織布為業；五小蛇，後成龍；秦始皇。情節關注點：鄉里謂之龍母，敬而事之，詢以災福。

2. 清代《廣東新語》：

人物：龍母溫夫人；大卵，得一龍子；秦始皇。情節關注點：溫非生龍者也，得大卵而畜之也。

3. 清代《粵中見聞》：

人物：蒲夫人；龍子；秦始皇。情節關注點：謂龍子為海神之使者。

〔註3〕〔清〕范瑞昂：《粵中見聞》三十一卷附紀一卷，刻本，清嘉慶6年〔1801〕，書影見圖17～18。

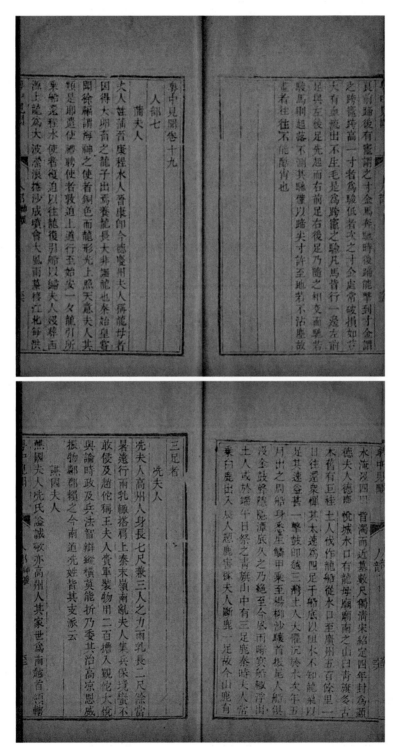

圖17～18：《粵中見聞》

從這一層次反映出的故事發展來看，唐代時，龍母的身份轉變為孀婦，說明當時的社會已經由母系社會過渡到父系社會。龍母由原來的捕魚為生改為織布為業，也說明當時的社會已由漁獵階段進化到農耕時代。此外，嶺南越人很早就掌握了織布技術，棉布、麻布、蕉布、葛布、竹布等各種分類都有，龍母職業的改變也從一個側面證明了龍母為越人。至清代，《廣東新語》中首先解釋了溫媼非生龍者，是古代豢龍氏而已。《粵中見聞》沿襲了《廣東新語》的梗概內容，只是用更簡練的字句加以重述。

唐宋以來留存於世描寫西江流域龍母傳說的文人作品雖不多見，但卻皆是其時名家之作，擲地有聲，氣度非凡，使崇拜龍母的習俗活靈活現地展現於讀者面前。

第二節　官方造勢

官方對該個案的推廣主要在於對龍母和五龍子的誥敕以及對龍母利澤天下德行的宣傳。

據古籍記載，龍母傳說的文字歷史上溯可至秦代，歷經漢唐兩代，至宋時受到封建王朝的重視，隨著封號日增，龍母崇拜逐漸在西江流域興起，明清時期，龍母信仰民間化，逐漸擴展到嶺南周邊地區。龍母由民間神靈、地方神靈逐漸受到封建統治者的重視，是由於其不斷顯靈而得到官方肯定逐步從下至上，一步步成為西江流域獨具特色的水神崇拜的。

遠古時期，百越地區就存在崇鬼尚巫的風氣。「粵人俗鬼，而其祠皆見鬼，數有效。」〔註4〕傳說龍母為秦始皇時期人，據載：「嘗聞徐福言，海神之使者，銅色而龍形，光上照天，意媼其同類也。」〔註5〕始皇視龍母為海神，徵其入宮，途中龍母因病而卒，龍子歸來縈浪成墳，土人遂建廟以祀龍母，遇旱則禱，禱必應。〔註6〕成為最早記錄龍母祭祀的史籍。

既然歷代封建統治者都是「真龍天子」，因而對於「朕德之所致」的龍子龍母，當然備受厚愛，賜予各種封號。據葉春生考證，嶺南各路人仙神中，

〔註4〕〔漢〕司馬遷：《史記》卷二八《封禪書》，中華書局，1957 年，第 1139頁。
〔註5〕《佛山忠義鄉志》卷八《祠祀志》，1923 年刻本。
〔註6〕〔宋〕樂史：《太平寰宇記》卷一百六十四《康州》，南昌萬廷蘭出版，清〔1644～1911〕年間。

獲得封號最多的，在人，應數高州的冼太；在神，就要數這位龍母了。

龍母正式受朝廷封敕始於漢代。明洪武九年（1367年）詔書曰：

> 漢初封為程溪夫人，歷朝征討不廷，則陣顯長蛇以助濟，風送
> 轉運以奏凱，累封靈濟崇福聖妃……〔註7〕

另有1984年，在四川渠縣發現的清代《龍母墓碑》，也詳細記載了歷代對龍母的封敕：

> 龍母溫氏，漢高帝封程溪夫人，加賜御葬。〔註8〕

乾隆四十七年（1872年）德慶州的秦龍母墓也記載了這一史實。〔註9〕安漢高帝始封龍母，歷代正史並沒有記載。嘉靖四十年（1561年）《廣東通志》云：「（唐）天祐始封永安郡夫人……」〔註10〕在此，黃佐對漢代封敕龍母之事隻字未提。《德慶州志》云：「又雲漢高帝十二年（205年）封為程溪夫人、唐羅隱南遊至廟作簽語八十語更無稽，且傳敘荒誕，妄者甚多，今擇其有檢核者錄，見叢祠，而著其辨於此也。」〔註11〕顯然，作者對漢高帝封龍母一事持否定態度。對此，民俗學家容肇祖認為「傳說上有了秦始皇，好像不說漢高祖是不好的，又附會的說『漢高十二年封程溪夫人』了。說秦始皇既是無稽，而說漢高更覺好笑。考漢高十一年使陸賈立佗為南越王，但是佗仍然是不大聽漢朝的號令的，而十二年四月高帝崩，何從會給龍母的封號。又說加賜御葬，以後人的想像，作為事實，這真是匪夷所思了！」〔註12〕容先生的說法有其理據，但也不完全正確。《史記》載：「陸生卒拜尉佗為南越王，令稱臣奉漢約。歸報，高祖大悅，拜賈為太中大夫。」〔註13〕陸賈出使嶺南，勸趙佗歸漢，一開始趙佗並不怎麼買帳，

〔註7〕《明‧洪武詔書》，收於（咸豐）《悅城龍母廟志》，清道光元年（1851年）刻本。

〔註8〕陳鐵軍：《龍母與〈龍母墓碑〉》，《四川文物》，1994年第七期。

〔註9〕《秦龍母墓墓碑》，收於（咸豐）《悅城龍母廟志》，清道光元年（1851年）刻本。

〔註10〕《廣東通志》卷三十《政事志‧壇廟》，嘉靖四十年，廣東省地方史志辦公室謄印。

〔註11〕引自《德慶州志》十五卷，（清）楊文俊修，（清）朱一新、黎佩蘭纂，清光緒25年版。

〔註12〕容肇祖：《德慶龍母傳說的演變》，《民俗》，1928年第9、10期。

〔註13〕〔漢〕司馬遷：《史記》卷三七《酈生陸賈列傳》，中華書局，1982，第1698頁。

後來還是被陸賈所打動。「陸賈出使的成功，不動干戈，便使南越歸附，故聽了陸賈回朝的彙報，漢高祖劉邦喜出望外，立即將陸賈官升為太中大夫。」〔註14〕因而，漢高祖企圖利用龍母崇拜，藉以控制、統治嶺南，進而鞏固與趙佗建立的不太牢固的君臣關係，也是無可厚非的。漢封龍母一事，明以前無史籍可考，然而明洪武詔書卻有載，可信程度較高，《德慶州志》之說值得商榷。

隋唐時期，隨著祭祀的加深，龍母頻頻顯靈，歷朝對其封敕有加。德慶州龍母廟內刻有唐代趙令則龍母廟碑，至今碑文已佚失，〔註15〕宋昊揆《賜額記》載：「《龍母始末》、《圖經》與趙令則、李景休二石刻所記□矣。祠宇建立，其來綿遠。唐天祐初載，始封母溫『永安郡夫人』，越明年，改封『永寧夫人』……」朝廷不斷封敕，原因在於「每年水旱疾疫，祈禳，悉隨叩隨應。」〔註16〕元揭傒斯《孝通廟記》曰：唐天祐歷宋，由永安郡夫人五命為崇靈濟福妃。〔註17〕

光緒《德慶州志》載：「龍母廟，名孝通廟。在城東百里靈陵水口，即古悅城廟。」〔註18〕

南漢，龍母崇拜受到統治者重視。《宋會要輯稿》載：「肇慶府端溪縣，秦悅城媼溫氏（偽漢封龍母廟）。〔註19〕」悅城祭祀龍母的廟宇始被封為龍母廟。《南漢春秋》曰：「廟舊名博泉神廟……」後主大寶九年（966年）封為龍母夫人。〔註20〕《十國春秋》亦載：「大寶九年□月，常康縣民妻生子兩手四臂，是歲，封博泉神曰龍母夫人。」〔註21〕

〔註14〕胡守為：《嶺南古史》，廣東人民出版社，1999年，第35頁。

〔註15〕《趙令則龍母廟碑》（佚），見道光《肇慶府志》卷二十一《金石》，光緒二年（1867年）刻本。

〔註16〕〔宋〕吳揆：《賜額記》，收於道光《廣東通志》，卷二百十，《金石略》，道光二年（1822年）刻本影印。

〔註17〕《孝通廟記》，見元揭傒斯撰：《文安集》，卷十《記》，四庫全書本；同見同治《峽江縣志》卷二《壇廟》，同治十年（1871年）刊本影印。

〔註18〕詳見《德慶州志》卷五《壇廟》，引自《德慶州志》十五卷，（清）楊文俊修，（清）朱一新、黎佩蘭纂，清光緒25年版。書影見附錄圖9～10。

〔註19〕〔清〕徐松輯：《宋會要輯稿》卷一千二百三十三，《禮》二十，中華書局，1957年，57頁。

〔註20〕〔明〕劉應麟：《南漢春秋》。嘉慶十二年（1807年）刊本。

〔註21〕〔清〕吳任臣撰，徐敏霞、周瑩點校：《十國春秋》卷六十，北京：中華書局，1983年出版。

　　宋初，「凡祠廟賜額、封號，多在熙寧、元祐、崇寧、宣和之時。」〔註22〕
「（太平天國）六年，太常寺言博士王古請：『自今諸神祠加封，無爵號者，賜
廟額，已賜廟額者，加封爵，初封侯，再封公，次封王，先有爵位者，從其本。
婦人之神，封夫人，再封妃……』」〔註23〕宋朝政府對民間俗神的封敕有了明
確規定。隨著龍母在地方社會中的地位日增，加之不斷顯靈，從而聲名遠播，
傳播西江流域，封建統治者的不斷封敕，一定程度上促動了龍母崇拜的發展，
龍母信仰成為西江流域民眾不可缺少的重要部分。「自秦迄今，蓋千數百年，
其威神靈享如在，凡仕人之南北，商旅之往來，靡不乞靈於祠……以旱歲有數，
乃以雨澤四方，故能享聖朝封誥之典。」〔註24〕

　　自唐封為永寧夫人後，宋元豐元年（1078 年）繼封為永濟夫人。《宋會
要輯稿》載：「溫夫人祠，肇慶府端溪縣……神宗元豐元年正月封永濟夫人，
徽宗大觀元年二月賜孝通。」〔註25〕加封原因不詳。《永濟行宮記》云：「大
宋熙寧丙辰歲，交賊犯順，皇師致討，兵甲糧饋之運舟，首尾相繼，未嘗有
風波之虞，使者具言夫人有功於國，宜在祀典。戊午，詔贈龍母為『永濟』，
委官增修。」〔註26〕對這次征討交趾，《孝通廟舊志》亦云：「宋熙寧九年，
安南招討使郭逵奉命征交趾，甲兵糧饋之雲舟，首尾相繼，未嘗有風波之虞。
凱旋，表言龍母有功於朝，宜加敕獎。越年封永濟夫人，加封靈濟崇福聖妃。」
〔註27〕龍母在戰爭中顯靈，使征討大獲全勝，龍母遂被賜予封號，而後，「大
觀二年賜額孝通。」〔註28〕因為朝廷和地方的重視，龍母神逐漸成為西江流
域，尤其是悅城的地方保護神。

　　除了悅城龍母廟備受封敕之外，其他地方的龍母廟祠也曾受到朝廷的

〔註22〕〔元〕脫脫等撰：《宋史》卷一百五《禮志》，北京：中華書局，2000 年出版，
　　　　第 2561 頁。

〔註23〕〔元〕馬端臨：《文獻通考》，卷九十《郊社考・雜祠淫祠》，浙江古籍出版
　　　　社，2000 年，第 823 頁。

〔註24〕〔宋〕鄧桓賢：《孝通廟記》，收於光緒《德慶州志》卷五《壇廟》，光緒二
　　　　十五年（1899 年）刊本影印。

〔註25〕〔清〕徐松輯：《宋會要輯稿》卷一千二百三十三，《禮》二十，中華書局，
　　　　1957 年，第 57 頁。

〔註26〕〔宋〕張維：《永濟行宮記》，收於崇禎《德慶府志》卷二十八《藝文》，日
　　　　本藏中國罕見地方志叢刊續編影印崇禎六年（1633 年）刻本。

〔註27〕〔清〕程鳴：《孝通廟舊志》，（咸豐）《悅城龍母廟志》，清道光元年（1851
　　　　年）刻本。

〔註28〕光緒《德慶州志》，卷五《壇廟》，光緒二十五年（1899 年）刊本影印。

重視。

1. 廣西境內。宋代鬱林州興業縣（今玉林市北，明清時隸屬梧州），有龍母祠，又稱博泉廟，「又在梧州興業縣綠秀嶺有清水灣龍母祠，熙寧八年六月封惠濟夫人。」〔註29〕雍正《廣西通志》也載：「博泉（廟），在縣南二十里，南漢封其神曰龍母夫人。宋熙寧中封惠濟夫人。〔註30〕」另外，梧州岑溪縣（今岑溪縣），又有「龍母溫姥祠，在梧州岑溪縣，崇寧三年八月賜廟額異應。」〔註31〕

2. 廣東境內。仁化縣地崇祀龍母，「歲旱禱雨，尤為弗爽，以故奉走奔迎者，皆曰扶溪娘娘。」〔註32〕宋理宗《封龍母敕勒》：「勒韶州府仁化縣惠濟廟龍母，龍之為大靈矣，……水旱盜賊之祈禱，其應如響，禦災捍患，祀典為宜，故加二字之襃用，顯一方之德，可特封顯德夫人……紹定四年七月二十六日。」〔註33〕

3. 西江流域周邊。宋道州營道縣（今湖南省道縣），有「龍母祠，在道州營道縣，徽宗崇寧二年賜額靈濟，三年正月封靈濟夫人，高宗紹興二十年十月，加封靈濟順應夫人。」常州晉陵縣（今江蘇省常州市）衡山井龍母祠，「光堯皇帝紹興七年八月，賜額潛靈，十二年十月封淵濟夫人。」鎮江府金壇縣（今江蘇金壇縣），「白龍祠」條下云：「……光堯皇帝紹興三年八月，封龍母曰嘉惠夫人，」平江府長洲縣（今江蘇蘇州市），有「白龍母祠，光堯皇帝紹興二十九年四月賜額靈濟，壽皇聖帝乾道四年正月封靈濟夫人。」又有蘇州常熟縣（今江蘇常熟縣），「光堯皇帝紹興二十二年八月，仍封龍母曰慈懿夫人。」〔註34〕顯然，常州、蘇州等地的龍母為「白龍祠」龍母，並非西江流域龍母，不能歸於一類。

〔註29〕〔清〕徐松輯：《宋會要輯稿》卷一千二百三十三，《禮》二十，中華書局，1957年，第60頁。民國《仁化縣志》，卷七《序·新建龍母廟序》，民國二十三年鉛印本。

〔註30〕雍正《廣西通志》，卷十七《山川》，雍正十一年（1733年）刻本。

〔註31〕〔清〕徐松輯：《宋會要輯稿》卷一千二百三十三，《禮》二十，中華書局，1957年，第60頁。

〔註32〕民國《仁化縣志》，卷七《序·新建龍母廟序》，民國二十三年鉛印本。

〔註33〕〔明〕胡居安纂修：《仁化縣志》，卷七《序·新建龍母廟序》，上海古籍書店，1963年出版。

〔註34〕〔清〕徐松輯：《宋會要輯稿》卷一千二百三十三，《禮》二十，中華書局，1957年，第57頁、60頁、70頁。

　　綜上，宋代龍母受封次數共計六次，即宋熙寧八年（1705年）封惠濟夫人，元豐元年（1708年）封永濟夫人，崇寧三年（1104年）正月封靈濟夫人，紹定四年（1231年）加封顯德夫人，十二年（1239年）封淵濟夫人，二十年（1247年）十月封靈濟順應夫人，累封次數如此之多足見當時朝廷對龍母崇拜的重視與推崇。

　　元至正間，悅城民董熙作亂，總管梁全統兵討之，「詣廟禱曰：事苟捷，當有以報。」於是乘夜搗其穴，大獲全勝，護衛了當地居民的安全。梁全「捐金建樓，」以報神恩。〔註35〕

　　明以降，龍母神仍不斷顯威，庇護地方民眾，官方對龍母祭祀也極為重視，許多賢臣紛紛上奏皇帝，要求加封龍母。起居郎胡寅上奏曰：「臣竊以雨陽順序繫乎政事，故漢明親決冤獄，則甘雨應期；東海殺一孝婦，則三年大旱。此其大略也。不修人事而祈禱求福，非聖人之道。先王之政也宣諭：『官以敷君德，求民瘼為職，乃以龍母五子，求加封爵，其陋甚矣。』又況封為夫人，爵稱侯伯施之於人，然後相稱龍母五子，夫何物哉。舍彼介麟襲我冠裳，無乃反常失禮，為後世笑乎，伏望聖斷，特賜寢罷，仍降指揮監司，郡縣當以愛民為急，若政平訟理，民無愁歎，和氣所召，必有豐年，更不得陳，乞廟額崇修淫祀，以為不先勤民，獨致力於神者之戒，所有龍母五子封爵詞，命臣未敢撰行。」〔註36〕顯然，他認識到自然災害與朝廷政策有關，朝廷只有重視地方神靈，才能保證地方風調雨順，才能更好的維護其統治。洪武元年（1368年），征南將軍廖永忠下嶺南，每每遇到風浪，常夢見龍母庇祐，故「洪武初詔稱程溪龍母之神……。」〔註37〕康熙《重建龍母廟序》亦載：「明之始也，又護平章廖公軍，海不揚波，太祖嘉其功，封為龍母崇福聖妃，又封為護國通天惠濟顯德龍母娘娘。」〔註38〕又見光緒《德慶州志》：「明洪武八年封程溪龍母崇福聖妃，九年封護國通

〔註35〕〔清〕程鳴：《孝通廟舊志》，（咸豐）《悅城龍母廟志》，清道光元年（1851年）刻本。〔清〕徐松輯：《宋會要輯稿》卷一千二百三十三，《禮》二十，中華書局，1957年，第57頁、60頁、70頁。

〔註36〕〔明〕楊士奇、黃淮：《歷代明臣奏議》，卷三百六《災祥》，四庫本。

〔註37〕〔清〕阮元等修，陳昌齊等纂：《廣東通志》，卷三十《政事志・壇廟》，清道光二年（1822年）。

〔註38〕〔清〕秦世科：《重修龍母廟序》，見（咸豐）《悅城龍母廟志》，清道光元年（1851年）刻本。

天護國通天惠濟顯德龍母。」同時還規定,「每歲五月八日,遣官致祭。」此後,官府重視有加,對龍母廟的重修次數也不斷增加。「(洪武)十八年,知州潘宗文以往返勞民,奏請罷祭」,「永樂十一年,知州黃廣、同知李綸與鄉民梁尚文、陳王政募建,給事中陳鐸書孝通廟額……」〔註39〕

清朝前期,官方大興土木重修龍母廟。「順治十八年,知州饒崇秩、林英與州紳梁正宸等募建」,「康熙五年,知州秦世科復倡紳民重建」,「乾隆二十一年,州人梁帝拔重修」,「嘉慶十八年,知州張純賢重修」。〔註40〕後期,由於龍母「實禦災捍患,有功德於民」,咸豐三年(1853年),「敕封廣東德慶州悅城水口廟祀龍母為昭顯龍母之神。」〔註41〕同治七年(1868年),「又敕加廣東昭顯龍母溥祐封號」。〔註42〕光緒六年(1880年),西江水暴漲,危及圍堤,「紳民搶護,風狂雨驟,人力難施,赴廟號禱,風雨停頓,水亦漸平」,為「昭靈既而順輿情」,光緒八年(1882年),「敕加昭顯溥祐龍母廣蔭封號。」〔註43〕

綜之,有史可載的龍母神崇拜上可追溯到秦代,雖屬於地方民間信仰,但由於顯靈不斷,對地方安定起重要的庇護作用。朝廷出於地方安全的考慮,加封地方神靈,將其納入國家祭祀系統,從另一面看,加封之舉也推動了神靈崇拜的興盛發展。宋元開始,龍母信仰帶著朝廷的封敕,不斷地在西江流域甚至西江以外的區域廣為流佈,直至明清達到頂峰。〔註44〕

次生態的掘尾龍傳說最終完成於悅城,故悅城人說龍母在其地可信,但並不是原生態掘尾蛇的故地。歷朝官方屢屢加封,使次生態的掘尾龍傳說完成並日益豐滿。

〔註39〕《德慶州志》,卷五《壇廟》,光緒二十五年(1899年)刊本影印。

〔註40〕《德慶州志》,卷五《壇廟》,光緒二十五年(1899年)刊本影印。

〔註41〕《咸豐三年禮部牒文》,見(咸豐)《悅城龍母廟志》,清道光元年(1851年)刻本,並見《清會典事例》(第六冊),卷四四三《禮部·群祀》,中華書局影印本,1990年。

〔註42〕《同治七年禮部牒文》,見(咸豐)《悅城龍母廟志》,清道光元年(1851年)刻本,並見《清會典事例》(第六冊),卷四四三《禮部·群祀》,中華書局影印本,1990年。

〔註43〕《光緒八年禮部牒文》,見(咸豐)《悅城龍母廟志》,清道光元年(1851年)刻本,並見《清會典事例》(第六冊),卷四四三《禮部·群祀》,中華書局影印本,1990年。

〔註44〕參見陳玉霜:《嶺南龍母文化地理研究》,暨南大學碩士學位論文,2006年5月,第14~18頁。

第三節　坊間流佈

　　官方把龍母個案用於宣傳，文人則多用個案介紹地方風物。相比之下，民眾的運用就顯得浮想聯翩、豐富多彩。

　　中國土地廣袤，山川縱橫，因而民間傳說在地方上流傳時，也就自然而然地會加入當地的風俗而形成地域特色，加上歷朝歷代各民族遷徙融合，不只有地方性的民情，更有族群性的色彩。與古代典籍中簡式的傳說形態不同，民間流傳的故事形態大多比較豐滿與複雜，這也是現今傳說的主流。以下便列出西江流域及其他地區民間口傳的龍母傳說的基本情節。

一、西江壯族地區龍母傳說的口頭形態

　　龍母故事在西江上游壯族地區，尤其是大明山地區廣泛流傳較廣，其主要內容如下：

>　　遠古時候，有一天，一個無兒無女的老太婆到河邊汲水，有條小蛇爬進了她的水桶。

>　　她把小蛇挑回了家，並把它豢養起來。蛇長大後整天伴隨著老人，老人也把它當作自己的兒子一樣看待。

>　　一天，老人關門時不小心把蛇的尾巴夾斷了，成了斷尾蛇，被人們成為「特掘」。蛇從此離開了老人，直到十多年後，老人病故時，「特掘」才乘著風雨回來，並在風雨雷電交加之際把老人的遺體托上岩洞中，放進棺材裏。

>　　從此，每年「三月三」，「特掘」都按時回來拜祭老人。〔註45〕

　　目前採集到的相同故事類型的異文已有二十餘則，諸如《婭僕與特掘》、《羅波潭的由來》、《獨龍掃墓》、《龍母的傳說》、《特掘掃墓記》、《特掘的故事》、《特奇報恩仇》、《婭邁與特掘》、《禿尾龍的故事》、《特掘的傳說》、《禿尾龍》、《特吉掃墳》、《短尾龍的傳說》、《萬壽公王韋厥》等等，這些故事的基本情節大致相同，即一位老婦人收養了一條弱小的蛇，蛇被誤斷尾巴，長大變成掘尾龍，在收養者年邁過世之時，掘尾龍回來安葬母親，報答養育之恩。

〔註45〕文山州民族事務文員會、文山州文化局編：《壯族民間故事》，第 2 集，雲南人民出版社，1988 年出版。

二、西江漢族地區龍母傳說的口頭形態

在廣東悅城，龍母的傳說除史籍、碑刻記載以外，在民間口頭也廣為流傳。現已採錄的有載於《廣東民間故事選》〔註46〕的《悅城龍母》、《龍母》、《龍母媽》三則，載於《悅城龍母祖廟》〔註47〕的《龍母傳奇》、《龍母與賴普儀鬥法》、《雲浮石山的由來》、《鼎湖山的傳說》、《七星降人間》、《龍母巧設白沙陣》、《龍躍天池》等七則，以及《悅城祖廟保存油印本》中記載的《龍母的由來》、《秦始皇賜封秦龍母》和《龍母升仙》等三則。

這些口頭流傳在西江流域的龍母傳說比較征戰的情節內容是：在戰國時期，龍母五月初八誕生於廣西藤縣。龍母的父親溫天瑞祖籍藤縣，母親梁氏是廣東德慶悅城人。龍母姓溫，有三姐妹，排行第二。龍母剛誕生的時候就有很長的頭髮，出生不久，由於家境貧苦，母親就在第二年春天把她放在一個木盆裏讓其順著西江漂流下來。木盆流到程溪（今悅城）的一個大灣，被一位梁姓老漁翁收養。

溫媼長大後貌美非凡，善良勤勞，整天捕魚、放牛、紡布，從河中救活了溺死的兒童，並且醫術高超，曾經施醫術救活很多人，後來與母親相認，回到了藤縣，在河畔撿得一個大卵拿回家後孵出了五龍，五龍稍大一點便在江邊幫助溫氏捕魚，溫氏不小心斬斷了最小的龍尾，五龍離去，後來回來時都已經長大變得非常威武，龍母便與龍子一起到悅城看望養父，此後便生活在悅城，龍母率領龍子為民造福，成了一個擁有法術，能呼風喚雨、防洪治旱、為民消災解難的神人，受到當地人民的愛戴。龍母死去後，當地人將龍母葬在西江南岸，五龍子化作五個白衣秀士來送葬，風雨過後，龍母的墓被遷移到西江北岸的珠山上。以後每逢龍母忌日都會有大風雨，相傳即龍子來「拜山」拜祭母親。

流傳在悅城的這些關於龍母的傳說基本上保留了龍母拾蛋得龍、斷龍尾、秦始皇遣使致聘、龍母病卒及五龍子擁沙移墓等情節單元，但相對於古籍和碑刻記載更富有世俗生活氣息，龍母與五龍子的形象也刻畫得更為生動感人。民間傳說中無疑也增添了若干新成分，諸如龍母做飯、洗衣、緝麻、浣紗、織網、打漁、放牛、養鹿等內容。這些新成分大都是較早時期的記錄

〔註46〕關漢、韋軒編：《廣東民間故事選》，廣州：花城出版社，1982年出版。
〔註47〕歐清煜編：《古壇僅存——悅城龍母祖廟》，北京：中國文史出版社，2002年出版。

當中沒有或者少見的。此外,悅城龍母傳說中還塑造了龍母救死扶傷、救人於危難的形象。比如,龍母斷五龍子尾巴就是因為五龍子有一次在江中翻騰,掀起巨浪,沖決堤圍,弄得漁夫不能打漁,農民無法種莊稼,五龍子自己也追悔莫及,龍母為使其牢記教學,才含淚斷其尾的。五龍子成龍歸來後,得知南海龍王派蝦兵蟹將將發水災危害百姓,自告奮勇去捉拿蝦兵蟹將,從此,西江流域風調雨順,人民安居樂業。民間龍母傳說深切地表達了民眾的願望。

三、西江之外的口傳異文

1. 山東半島「禿尾巴老李」的故事。《禿尾巴老李》故事主要流行於山東半島,其說法甚多。較為通行的說法,是說他家原是山東人,姓李。娘生下一條小龍,小龍每次吃奶,娘都痛得打滾。他爹一生氣,用斧頭砍下一段尾巴,他就成了禿尾龍,人稱禿尾巴老李。他來到黑龍江,趕走了原先住在江裏的白龍,成了黑龍江的鎮江龍。他每年要回家到娘的墳上祭奠一番,來時總要下雨,或是下冰雹。禿尾巴老李對他的山東老鄉總是會盡力保護。黑龍江的船老大在開船前有個習慣,總要先問一聲:「船上有山東人麼?」不管船里乘客中有沒有山東人,人們總要大聲回答一聲:「有。」據說這樣一來,禿尾巴老李就會保護這條船了。

在民眾的口耳相傳過程中,「禿尾巴老李」的形象漸趨豐富,許多異文還講述了他為窮人開荒、幹活,幫家鄉人造福,跟地主、官府以及惡龍鬥爭的種種情節。〔註48〕在抗日戰爭中,東北還湧現出「老李江上救紅軍」、「老李炸鬼子」、「水淹日本鬼子」等一大批新傳說。在人們的心目中,禿尾巴老李早已不是一個普通的龍子,而是孫悟空一般的傳奇英雄。他一直在人們身邊,當人們需要他的時候,他馬上就會出現,做出一番離奇的行為,形成一個新的傳說。

2. 江浙地區龍的傳說。浙江的龍傳說十分發達,在《中國民間故事集成‧浙江卷》〔註49〕中專門有「龍的傳說」一欄,收入龍傳說 9 則,其中《百葉龍》、《霧龍》、《禿尾龍》、《龍母娘娘》4 則都屬於「龍子望娘‧感應懷孕」

〔註48〕孫連金:《「禿尾巴老李」傳說初探》,見《黑龍江民間文學》第 15 期,中國民間文藝研究會黑龍江分會編(1985 年),第 377~384 頁。該書還同時刊載「禿尾巴老李」傳說 8 篇。

〔註49〕中國民間故事集成浙江卷編委會:《中國民間故事集成‧浙江卷》,中國 ISBN中心,1997 年出版。

型。《霧龍》的前半段拼接了「龍受罰」型，顯得較為複雜。故事說玉皇大帝要懲罰凡人，不許龍下雨。一條老白龍為了救百姓，盡力發了幾次大霧，人間又獲豐收。玉帝知道了，要斬老白龍。觀音出來搭救，讓老白龍變成一粒菜籽，藏在她的小拇指甲裏。後來這粒菜籽落下人間，長成一棵大白菜，被一個姓白的姑娘吃了下去，於是她懷了孕，生下一條小白龍。每年清明，小白龍來找它的娘，找來找去找不到，哭一場又走了。流傳在浙江的幾種異文對於龍母「感應懷孕」的情節一般都交代得比較清楚，較多的說法是說一個女子在水中撈到一個龍蛋，覺得有趣，不小心吞下肚去，就懷了孕。

　　江蘇的《龍人河螃蟹》也別具一格，說一女子在河邊洗腳懷孕，其父逼她去死。女子生下一蛋，投河自盡。這個蛋裂開後，孵出龍子，騰飛而去，成九拐十八彎大河，將龍母的屍體托上岸。每年正月初三，龍子總要回鄉祭母，這時會帶來無數螃蟹。〔註50〕

　　3. 北京延慶的「龍母廟傳說」。筆者在查閱資料時，偶然發現了一則新的龍母傳說，即北京延慶區流傳的《龍母廟》傳說。說的是古時候，延慶里仁堡村有個大姑娘到林外的河邊去洗衣服，看見順河漂來一個蘋果，撈起來一看，這蘋果有一半特別新鮮，有一半快要爛了。姑娘正渴哩，就把這個蘋果吃了。打這以後，姑娘的肚子慢慢的脹大，就像懷了孕。他父親知道了，以為閨女幹了見不得人的事，就把姑娘趕出了家門。姑娘來到一座孤廟裏，生下五條小龍。她精心護養這五條小龍。一百天以後，小龍長大了。姑娘和小龍都昇天成仙了。〔註51〕

　　4. 大理白族的龍傳說。大理白族民間流傳著《小黃龍和大黑龍》的傳說，說的是綠桃村有龍母，在古代的某一天，她在山中砍柴，看見一個綠桃，她摘了下來，吞下喉去，就有孕了，生下一個男孩。她把他拋在山中，不久去看，孩子已經長大了，原來有一條大蛇，銜食物哺育他。她把小孩收了回來。〔註52〕這個故事是把簡狄、商契型的「吞卵生子」型故事和姜嫄、周棄型的「履跡棄子」型故事融為一體的感生傳說，基本屬「物異──山野型」。蛇的哺養又暗示這綠桃少年與蛇圖騰祖先有血緣關係。所以這孩子在偷穿龍袍之

〔註50〕肖士太、鄭伯俠編：《龍人河螃蟹》，見《中國土特產傳說》，上海文藝出版社，1982年版，第381～384頁。

〔註51〕中國民間故事集成浙江卷編委會：《中國民間故事集成·北京卷》，中國ISBN中心，1997年出版。

〔註52〕徐嘉瑞：《大理古代文化史稿》，北京：中華書局，1988年，第203頁。

後變成了一條黃龍（蛇的尊化），勇鬥黑龍，為人民平息了大理的洪水，他自己則變為小蛇，人民建大理神祠祀奉他。〔註53〕白族民間故事《小黃龍和大黑龍》也歌頌了他的神跡。〔註54〕

還有一種「異文」除了說這孩子被「丟到深山裏」，有一條大蛇「盤在樹上，含著食物，垂下頭來餵養這個娃娃」之外，還寫了他三四天後已「長得像兩三個月那樣大」，不到三年，就長成十一二歲的樣子，他割過草的地方，第二天便會長出草來（這表示他帶有「谷神性」）。他還用仙草為龍王治病，戲穿龍袍才變成了龍。〔註55〕每遇龍母生日，他就回綠桃村拜壽，屆時就會下雨，可見他以水神格而施雨；而「五月五那天，海邊有紅燈像綠桃村遠遠地漂浮過來，那時黃龍來看他的媽媽了，海水也就隨著紅燈向綠桃村上來。這時，鄉親們就會說『龍王來綠桃村拜壽，快載秧了』」。〔註56〕他又成了摧耕的農神了。

另有一則白族的《白王的傳說》中，白王的母親在黃龍潭邊洗衣，黃龍變成大魚，濺起水調戲她。此後她常在夢中與一年輕男子幽會，便有了身孕，一胎生下九子。黃龍領回去八子，讓最小的留在娘身邊，後來成了大理國的白王。這個故事沒有「望娘」的情節單元，但前面的「感應懷孕」則講述得很詳細。

如上所述，民眾動用了豐富的想像力，去填補龍母傳說的空間，並在其中寄寓自己的生活理想。而官方與文人階層所採用的故事，大致是以雛型期的文本為基礎的，但其中也不乏細微的充滿時代氣息的變化，這些變化的直接源泉就是富有生命力的民間俗文化體系。

第四節　龍母傳說遷播形態的分析

通過以上對龍母傳說遷播的三條主線的介紹與簡略分析，可以進行以下探討。

〔註53〕徐嘉瑞：《大理古代文化史稿》，北京：中華書局，1988年，第203頁。

〔註54〕賈芝等編：《中國民間故事選·小黃龍和大黑龍》，李星華記錄整理，北京：人民文學出版社，1980年，第421～422頁。

〔註55〕《白族民間故事選·龍母》，上海：上海文藝出版社，1984年，第130、132頁。

〔註56〕《白族民間故事選·龍母》，上海：上海文藝出版社，1984年，第130、132頁。

一、龍母傳說的發展形態

西江流域龍母傳說可分為兩個發展階段，即原生態的掘尾蛇階段和次生態的掘尾龍階段。對歷史典籍的爬梳之後，我們發現掘尾龍階段的龍母傳說早在漢代已經出現，並且至遲在南北朝時期已被文人記錄、介紹，兩千年後的今天仍在西江流域廣泛流傳。隨著社會文化生活的發展，人口的頻繁流動，這個傳說已由西江流域擴布到全國的大部分地區，其內容和形式都有不同程度的發展，情節內容也有所增益。

隨著社會的不斷發展，傳說本身也必然向前發展。然而，也有些地區的故事情節依然大體保持著原始風貌。正如流傳於大明山地區的多則龍母傳說，從故事情節上看，無疑顯得簡單、樸素，卻比之前某些典籍中的說法更接近傳說的原始狀貌。從某種意義上來說，這些傳說處於一種停滯不前的狀態，換句話說，正是這些保持原生狀態的傳說為我們今天的研究提供了比較早期的形態標本，使我們得以對此傳說發生、發展的整個過程加以梳理。

二、龍母傳說與其他故事的情節牽連

在民間文學中，傳說故事由多個母題構成的情況比較多。這不僅是因為中國民眾喜愛聽情節豐富的故事，還由於中國各民族民間傳說故事的母題庫積累豐裕，給故事家們提供了自由插入母題以增強故事性的方便條件。中國的傳說故事在長期的口頭流傳過程中，往往不由自主地從其他故事中借用某個（些）情節，造成兩個故事情節上的牽連，甚至復合兩個以上原本各自獨立存在的故事以成一體，如我國北方地區所流傳的大黑狼的故事，或者南方地區所傳的蛇郎故事，莫不如此。

在故事的牽連上，龍母傳說並不例外。在民間口頭傳承的過程中龍母故事不斷受到其他故事的影響，情節日益豐富。如龍母身世的傳說明顯受到「棄子」母題的影響，《龍母與賴普儀鬥法》中添加了賴布衣拿趕山鞭趕石填河的情節，《掘尾龍拜山》傳說中將龍母傳說與「人心不古蛇吞象」的故事聯繫在一起。〔註57〕

三、龍母傳說在流傳中日漸豐盈

龍母傳說在壯族民間基本保持蛇的原型，影響範圍逐步擴散到全民族。

〔註57〕溫仇史：《掘尾龍拜山》，發表於《民俗》102 期。

在潯江至西江下游的漢族地區擴布流傳的過程中，龍母傳說吸收了漢文化，經過無數民眾的不斷講述、修改、潤色，傳至今日，其思想內容、故事情節及人物典型等方面，日臻豐富、完善。例如龍母做飯、洗衣、打漁、放牛、養鹿等內容的出現，表明此傳說經過不斷的創造之後，反映、概括社會現實生活更為深入和廣泛，更能代表廣大民眾的思想與願望，更能顯示民眾的藝術才能與趣味。總之，現代所流傳的龍母傳說，不但富有社會史、民族史、文化史等方面的價值，也是當地民族文藝寶庫中的一份貴重珍寶。

綜之，西江流域龍母傳說的展演可分為原生態掘尾蛇階段和次生態掘尾龍階段，其中掘尾蛇階段的龍母傳說主要在壯族民間俗文化體系中展演，而次生態掘尾龍階段的龍母傳說吸收了漢文化，借助官方的宣傳與文人的渲染得以大肆擴布，影響波及港臺甚至東南亞地區。

第三章　西江龍母傳說情節的文化解析

　　傳說是一種口耳相傳的敘事文學，它的這種創作、流傳方式，使它的存在形態與書面文學大不相同。一個書面文學作品，它一旦寫定完稿，印刷出版，也就定型了。即使修訂或再版，通過版本比較，其變化也有據可查。而傳說（包括其他口頭文學）就大不一樣了。我們既不可能知道它的作者，也不可能知道它的原始形態。最令研究者頭疼的是，任何一個傳說，當它以口耳相傳的「活」形態在民間流傳時，往往是一個人有一個人的講法，一個地區有一個地區的講法，一個民族有一個民族的講法，這就使得同一個類型的傳說，存在著許多不同的說法。

　　龍母傳說在歷時性的縱向研究上，容肇祖、劉守華已經為我們開闢了坦途，前輩們在文獻、廟志、地方志等各方面的資料，可謂搜集詳備，而在民間口傳故事近年來也有大量的田野調查資料可為依據，使我們可據以進行深入的研究分析。本章將根據近現代有關的口傳資料做綜合分析，主要探討在當代民間口傳的龍母傳說的情節發展情形，以瞭解同一類型的傳說在民眾口傳中所呈現的異趣。

第一節　西江流域龍母傳說的情節單元

　　民間口頭傳說是具有生命力的，會不斷地演變擴大。綜觀西江流域民間口傳的龍母傳說，其結構與情節單元大多與通俗文學相同，但它不只往前延

伸，而且往後繼續發展出新的故事情節。

一、西江壯族地區龍母傳說的情節單元

據筆者統計，截至目前西江上游壯族地區採集到的龍母傳說共計20多個版本，其中絕大多數流傳於大明山周邊的武鳴、上林等縣，現將部分異文的情節單元列舉如下：

（一）大明山麓武鳴羅波鎮龍母傳說之《婭僕與特掘》

由武鳴縣羅波鎮農民陸漢祖講述，故事情節如下：開頭先說從前羅波潭邊有一個小村莊，村裏有一戶人家，只有婭僕一個人。

1. 收蛇（三棄三收）：婭僕到羅波潭挑水，上岸時發現水桶裏有一條小花蛇，婭僕把蛇倒回潭裏，重新舀水，小蛇又重新跳進桶裏，婭僕再次把水倒回，回家時卻發現那條小花蛇在水缸裏。婭僕覺得與小蛇有緣，於是收養了它。雖然家中一無所有，生活很苦，但她早起摸黑捕青蛙、撈蝦仔來餵養這小花蛇，就像餵養親生兒子一樣。

2. 斷尾：由於婭僕精心餵養，小蛇長成大龍蛇。婭僕剁豬菜，大蛇用尾巴幫她掃菜葉，尾巴太長不小心掃倒了板凳，婭僕說：龍仔呀龍仔，只有砍斷尾巴才成人啊！大蛇很聽話，就把尾巴伸到剁刀下，婭僕眼睛不好，一刀砍下去，大蛇尾巴去了一截。大蛇在地上打滾，不一會，變成一英俊男子，跪地喊「阿媽」！婭僕這才知道，自己所養的是海龍王的幼子。

3. 變化：這龍子白天是一條大龍蛇，由於尾巴被砍斷，所以叫「特掘」（壯話「特掘」就是「禿尾巴男子」的意思）。到了晚上，特掘變成男子幫婭僕撿柴草、找野菜、餵豬。

4. 顯靈：特掘能呼風喚雨，普降甘霖，天旱時，便做法降雨。大明山下年年有好收成。村里人知道了婭僕養的是一條神龍，有事都來求婭僕幫助，而婭僕也是有求必應，多次幫助鄉親，於是也被認為是救人的神仙。

5. 葬母：很多年過去，婭僕離開了人世。特掘很傷心，抱起婭僕到潭裏洗身，然後從大明山上拔下大樹挖空成棺材，把婭僕裝殮。並舉行了隆重的道場，持續了三天三夜。第四天早上，特掘把婭僕的棺材捲起，上到了大明山頂，把婭僕安葬在龍頭山旁邊的圓頂山。那天正好是農曆三月初三。葬完婭僕，特掘便回到龍潭去了。

6. 掃墓：以後，每年三月初三，羅波潭掀起一股大浪，那時特掘從龍宮

飛出，接著，大明山谷會刮起旋風，飛沙走石，天昏地暗，這是特掘飛到山頂給母親掃墓。直到現在，年年如此。

（二）大明山麓武鳴羅波鎮龍母傳說之《羅波潭的由來》〔註1〕

主要流傳於武鳴縣羅波鎮一帶，其情節如下：故事從「特掘」的出世說起，解釋了羅波潭名字的由來。

1. 拾蛋得龍：山腳下馮村有個寡婦，靠打柴和耕種為生，一天，她上山找蘑菇時無意間在山洞裏發現一個既不像雞蛋又不像鴨蛋但比雞鴨蛋更大的異蛋。她小心翼翼把它帶回家，找來一個小缸，裏面墊上棉被，然後把異蛋放入缸中，蓋上蓋子。七天後，缸裏傳來「媽，我來了」的叫聲。阿婆揭開蓋子看見一隻似蜥蜴的小精靈朝她直叫媽。

2. 撫養長大：阿婆如對親生骨肉一般殫情悉心餵養小寶貝。每當外出幹活回來，就聽到小寶貝「媽，你回來了，辛苦啦」的撫慰叫聲，心中感到無比的舒暢。阿婆見小寶貝長得可愛懂道理，更加對它寵愛有加，有好吃的東西不捨得吃，只管留給它。

3. 斷尾：寶貝長大了，長得結實白胖。一天，阿婆到地裏鋤收花生，它也跟著去，在媽身邊走來蹦去，阿婆不小心一下子鋤斷了它的尾巴。斷尾的寶貝此後就叫「特掘」。

4. 葬母：數年後，「特掘的母親」年老壽終，因家境貧寒，且無旁親，後事無人打理，特掘無奈，只得伏媽身痛哭，流出血淚。為難間，天上刮起了大風，雷電交加，一陣龍捲風將特掘和它媽一齊帶起，飛向大明山。後傳說乜掘被安葬在大明山上，而特掘則成龍成仙了。

5. 掃墓：次年三月初三，特掘到大明山掃墓路過羅波境地，在綠潭中洗澡，突發念頭，認潭對面的小山為父。特掘騰空而起前往大明山掃墓，此時，下起大雨。由此，人們給清潭命名為「龍窟潭」或「龍潭」。特掘每年三月初三掃墓都回龍潭洗澡，再上山掃墓，去時就下場及時雨。

（三）大明山麓武鳴縣龍母傳說之《獨龍掃墓‧鬧龍殿的傳說》

在大明山腳一帶的兩江鎮、馬頭鄉以及大明山外圍小明山以南的陸斡鎮各村流傳最廣，其情節如下：

〔註1〕由武鳴縣羅波社區羅波街農民陸祖興講述，武鳴縣羅波鎮文化廣播電視站梁勝江搜集整理。

1. 拾蛇：在一個山村裏，有個貧窮的孤寡老婆婆，無田無地，常到野外挖野菜，上山打柴、摘野果為生。一個寒冷的冬天，老婆婆在挖野菜會來的路上，發現一條長得奇怪的小蟲，蜷伏在路邊快死了。她就把小蟲撿起來，帶回家救活了。

2. 待如親子：老婆婆像對待親生兒子一樣，精心護理小蟲，村里人家辦喜事請她或去遠房親戚家探親，她都捨不得吃飽，把飯菜留下來給小蟲一份。

3. 蟲大成龍：小蟲逐漸長大成一條非常聽話又生動活潑的小龍，人們稱為「獨龍」（壯話音「獨」是「一隻」的意思）。

4. 斷尾：獨龍越來越大，茅屋快裝不下了，老婆婆在房後接連搭蓋了茅棚，轉眼茅棚又不夠住了。獨龍的尾巴往外伸出去一大截。老婆婆告訴獨龍，只有砍去一截尾巴才不會越長越長。獨龍點了點頭，她就砍斷了獨龍的一小截尾巴，變成了禿尾巴的龍。壯話把禿尾巴稱作「掘」（壯文 Gud），人們又把獨龍稱做「特掘」。

5. 離家：特掘的尾巴雖然不再加長了，但身體卻越長越大，茅屋快給擠破了，吃的也越來越多，實在難以再養了。老婆婆無法，只得讓特掘自己出去謀生。

6. 成龍：離家後，特掘變成一條磷光閃閃的巨龍騰空而起，飛到深潭裏築龍宮住了下來。

7. 葬母：過了幾年，老婆婆病死了，特掘化成的一條巨龍前來，頭頂老婆婆的屍體飛走了。在形如龍頭的山頂上壘了一個墓，將養母安葬。

8. 掃墓：過後，每年三月初三前後，總要刮一次大風，下一次大雨，這是特掘每年掃墓來了。

（四）大明山麓武鳴兩江一帶之《龍母傳說》

由 53 歲李玉斌〔註2〕講述，其情節如下：

1. 救蛇：遠古時候，在聖圩（今大明山腳兩江鎮農械廠附近）有一位年邁的龍姓寡婦，以賣油膜糊口度日。生意不好，經人勸，搬到南邊路邊村莊去。寡婦無兒無女，卻寬厚待人，被稱為姆龍（乜龍），龍婆是這個村第一個買賣人，帶動著別人也跟著做生意，小村子變成了這個地方最大的圩集。有一年冬天，龍婆婆在菜地裏看見一條閃著銀光的小蛇，蜷縮著，快凍死了，

〔註2〕李玉斌，女，53歲，原龍母村大李屯人，今住大明山麓武鳴縣龍英村的龍母屯。

便帶回家，救活了小蛇。

2. 斷尾：婆婆把小蛇當親子，出去賣油膜時，小蛇就待在竹籃裏。有一天，婆婆一邊拍著籃蓋，一邊賣油膜，不想小蛇的尾巴已經露出來，一拍竟把尾巴壓斷了。小蛇斷了尾巴，婆婆就叫它特掘。

3. 河塘養蛇：小蛇長大了需要水，婆婆就用水缸養它，後來聽了一位老大爺的話（按情節這位應該是仙人），在河裏養它。

4. 照顧養母：年復一年，龍婆婆年老體衰，再也不能起早貪黑做油膜了，只能整天在家裏做輕活。於是每晚，特掘就抓魚給龍婆吃。

5. 葬母：龍婆預感自己不久人世，便轉告鄰居，到時請通知特掘回來料理喪事。龍婆婆去世後，村人用竹席捲起屍體。突然天氣大變，一陣龍捲風卷著竹席和特掘騰空而起，消失了。過後，人們發現龍頂山旁邊壘起了一座墳墓形的土堆，即「莫乜掘」。

6. 後人紀念：村里人為了紀念龍婆婆，在圩集建了一座龍母廟，這個圩後來被稱為龍母圩。龍母廟是在十月初十迎神招魂的，就把十月初十定為村子的節日。為紀念特掘，人們用河裏的鵝卵石鋪砌成街道，看上去就像特掘閃著磷光片的身子，人們習慣地稱這個龍母圩為「圩達」（土話，用河石鋪成的圩集）。

（五）大明山麓武鳴兩江一帶之《特掘掃墓記》

武鳴縣兩江鎮合聳村農民李天興講述，故事情節比較簡單：

1. 救蛇：有個孤寡老婦人，她上無兄下無弟，身無分文，每天只好到地主家打工或是上山摘野果度日。有一天，她從地裏收工回家到半路，碰見一隻被打斷尾巴受了傷的泥鰍蛇。那蛇半生半死地搖搖頭張張嘴，好像喊著：「救命呀，救命！」寡婦便將那它抱回家放進缸裏，每天哺餵它，把它當兒子來撫養，並給它起名「特掘」。

2. 葬母：一年一年過去了，斷尾蛇長大了，那寡婦不久卻撒手西歸了。老寡婦死後，短尾蛇就呼風喚雨祈神求天，請天兵天將把寡婦抬上大明山埋葬。

3. 掃墓：每年的三月初三，上帝都允許特掘回來祭拜母墳。此後，人間父母死後每年三月清明都要祭拜墳墓。

（六）大明山麓上林縣之《婭邁與特掘》

流傳於上林縣一帶流傳，故事由石南海講起，其情節如下：

1. 收蛇：上林縣塘紅石門村前有一個十多畝寬的水潭，名叫石南海。相傳從前石門村有一個窮苦的婭邁（寡婦），無兒無女。一天清早，她到石南海去挑水，汲水時忽見一條小蛇遊進她的桶裏。她忙將它倒回潭中，另行汲水。小蛇卻三番五次地遊進她的水桶裏。她只得挑回家中，養在水缸裏。

2. 相依為命：婭邁孤獨愁悶的時候，小蛇很懂人意，總繞在旁邊玩耍，親熱得像她的兒子。

3. 斷尾：一次，婭邁正在砍豬菜，小蛇又繞在旁邊玩耍，一個不慎將小蛇的尾巴砍斷了。從此，她叫小蛇做「特掘」，當作兒子一般疼愛它。

4. 照顧養母：特掘漸漸長大，同樁柱一般粗了。它看見母親生活太清苦，沒有東西吃，便鑽到石南海去捕魚。於是，婭邁便吃到鮮美的魚了。

5. 化龍葬母：後來婭邁死了。因為窮，買不起棺材，特掘便呼起一陣大風，刮來一棵大樹，做成棺材收殮了母親。那時，特掘變成一條龍，把母親的棺材懸掛到「仙岩」的峭壁上。

（七）大明山麓上林縣之《禿尾龍（特掘）的故事》

由上林縣西燕鄉街楊啟高講述，說的也是上林縣塘紅鄉石門村的故事，其情節如下：

1. 收蛇：石門村有個寡婦，無兒無女。有一天，她到村邊的石南海去挑水。她舀第一擔水，見水桶裏有一條小花蛇，她便將水連蛇一起倒掉。再舀第二擔水，水桶裏仍然有那條小蛇，她又把水和蛇一起倒走。當她再舀第三擔水時，那條小蛇還是在水桶裏面。她三番五次地把水舀來倒去，那條小蛇仍倒不走。寡婦於是把它挑回家放在水缸裏，當兒女養起來。

2. 相依為命：寡婦非常愛這條小花蛇，有什麼東西都要留給它一份。小蛇長得很快，也很關心寡婦。

3. 斷尾：有一天，寡婦在地上砍豬菜，小花蛇從缸裏爬出來，用尾巴把那些彈出去的豬菜掃回來，寡婦見了十分歡心，就在高興之時不小心，錯把它的尾巴砍去一小節。寡婦很痛心，上山找藥給它包紮。醫好後的小蛇變成了禿尾，便給它起名叫「禿尾龍」，壯話叫「特掘」。

4. 幫寡婦：七七四十九天後，特掘化成一個身著五色花衣的後生，幫著寡婦砍柴、捕魚、做家務。母子相依為命。

5. 助鄉親，財主逼死寡婦：有一年，天大旱，水貴如油。財主便把石南海封起來。鄉親們要挑水先要交五文錢，特掘用龍衣呼風喚雨，解救了眾鄉

親。財主知道後，便逼寡婦交出龍衣。寡婦不肯，便遭財主毒打。自此，她臥床不起，不久便去世了。

6. 葬母，祭母：特掘將寡婦的屍體入棺，安葬在村後的「敢仙」洞裏。以後每年三月初三前後，特掘都到那裡掃墓。

7. 後人拜祭特掘：人們每年三月初三都用特掘花身的紅、黃、黑、白、紫五種顏色染糯米做五色飯去敢仙洞拜祭特掘。這就是壯族節日「三月三」的來歷。

（八）大明山麓上林縣之《特掘的傳說》

上林縣各地流傳的另一個傳說，故事開始便說大明山是特掘仙化而成，情節如下：

1. 收蛇：石門村有個寡婦，一天到石南海去挑水，打水時有一條五色小蛇遊進桶裏，她忙將水倒回潭中再打水。哪知那條小蛇三番五次地遊進她水桶來。寡婦於是把小蛇挑回家，養在水缸裏。

2. 相依為命：每天，寡婦都打撈小魚餵小蛇，逢年過節蒸糯米飯給它吃。當她孤獨時，小蛇總繞在她腳下，親熱得像她兒子。

3. 斷尾：一天，寡婦切豬菜，小蛇在旁邊玩邊用尾巴幫她把散出去的豬菜掃回來。寡婦不小心把它的尾巴砍斷了。按壯人習慣，給它取名「特掘」（「特」，壯話指未婚的男子；「掘」，指沒有尾巴），當作兒子來疼愛。

4. 救母：有一天，寡婦得一怪病，非得用農曆十二月大寒節時石南海的娃娃魚和益母草燉服才能治好。特掘不辭辛苦，最終找到了魚和草，治好了寡婦的病。病好後，母子二人過上了幸福生活。

5. 葬母：後來寡婦死了，特掘弄來一個紅木棺，殮好母親，然後刮起狂風，把棺材送上村後的山洞裏。因為特掘母親死的那天是三月初三，所以在石門，每年三月初三都會有一陣狂風掛回來，傳說是特掘回來給母親掃墓了。後來人們把葬特掘母親的那座山叫「岜仙」，那個山洞叫「敢仙」（意思是仙山，此處為仙岩、仙洞之意）。

6. 治河：葬母后，特掘來到紅水河裏生活。污水給當地人帶來痢疾和眼瞎等怪病，為了百姓，特掘不惜耗損自己的功力，將身上的五色藥水淨化紅水河的污水、毒水。在使盡最後一口力氣之後，特掘化成了一座大山脈──大明山。

7. 後人祭拜特掘：為了紀念它的孝順與公德，上林縣境內的世代子孫，

每月的節氣當天都要祭祖，還禁止捕蛇、殺蛇、吃蛇，特別是農曆三月初三時節，都要舉行盛大歌圩。當地人還按照特掘身上的花紋煮成「五色飯」來祭祖和孝敬老人。

（九）大明山麓上林縣之《禿尾龍》的故事

上林縣藍黃氏講述，情節如下：

1. 收蛇：從前，石門村有個寡婦，賣柴草為生，沒有子女。一天，她到河邊挑水，她舀了第一擔水，見水桶裏有一條小蛇，她將水連蛇一起倒走，再舀第二擔水，桶裏仍然有一條小蛇，她又將水和蛇倒走了。當她舀第三擔水時，那條小蛇還是在水桶裏。於是寡婦就把小蛇挑回來，放在水缸裏養著。

2. 斷尾：寡婦很愛這小蛇，吃什麼都要留它一份，有一天，她砍豬菜時，小蛇爬出來用尾巴將那些彈出旁邊來的豬菜掃進去。寡婦不小心砍斷了小蛇的一節尾巴，從此，寡婦就叫它「阿禿」。

3. 水缸轉河塘：阿禿長得很快，水缸裝不下了，寡婦就拿到村邊的塘裏去放養。阿禿在塘裏滾身，塘水冒出來，弄髒了路面，人們又罵寡婦；後來她將阿禿帶到河裏去放養。寡婦每天上山割草，都到河邊餵阿禿糯米飯。寡婦不管鄰居怎麼譏罵，依然照顧阿禿。

4. 助寡婦：寡婦年老不能再上山割草了，阿禿就送去柴草，送去活魚。

5. 化龍葬母：寡婦病死了，阿禿運來棺材將她入殮，化成金龍哭母。從此，每到清明節前後，就有一個晚上刮大風，下大雨，有時還夾著冰雹，那就是阿禿回來給他媽媽上墳來了。

（十）大明山麓上林縣之《萬壽公王韋厥》故事

流傳於上林縣，介紹了萬壽公王韋厥的事蹟，故事由韋厥名字的來由說起，情節如下：

1. 收蛇：上林縣塘紅鄉石門村排藍莊前面有一個小南海，莊裏有個老寡婦，無兒無女。一天，她到小南海去挑水，無意中舀得一條小蛇回來，她發現後把小蛇挑到小南海去放生，另舀一擔水挑回來。回家發現小蛇仍在桶裏。她又挑小蛇去潭裏放生，又舀第三擔水回來，可小蛇仍在水桶裏。如此三棄三收，寡婦決定收養小蛇做兒子。

2. 相依為命：小蛇離不開水，寡婦就放它在水缸裏養，吃飯時，總分一份給它。小蛇很懂事，給寡婦守門、做家務。

3. 斷尾：一天晚上，寡婦借著月光在院子裏砍豬菜，小蛇用尾巴幫她把掉到外面去的豬菜掃進竹箕裏，寡婦看不清楚，一刀砍斷了小蛇的尾巴。人們就叫它「特掘」。

4. 執意養蛇：村里人見寡婦像養自己的孩子一樣養一條蛇，就好心勸告她說不要再養，寡婦不聽，仍視小蛇如子。

5. 幫寡婦：寡婦越來越老不能勞動了，但生活卻越來越好了。凡事她家缺什麼東西，到晚上刮一場風下一場雨，就樣樣都有了。這都是特掘幫她做的。

6. 葬母、哭母：寡婦因老病死後，特掘將她入殮，在棺材旁哭泣，為母親守孝，將母親安葬在半山腰的一個岩洞裏。每年清明節，石門村一帶，都有一個晚上來一場大風雨。特掘回來掃墓了。

7. 特掘改名：特掘將母親岩葬之後再也不回石門村了，傳說他到三里鎮雙羅村定居了。那一帶都是姓韋，都會講漢話和壯話。當地習慣，對成年人的名字都用漢話叫。為了和當地韋家結拜兄弟，特掘就改自己名字叫韋厥。

（十一）大明山麓馬山縣之《特掘的故事》

馬山地區流行，由馬山縣加方鄉局仲村藍婆六講述，情節如下：

1. 救蛇：大明山下小山村，村裏有個寡婦，無兒無女，村里人稱藍姆獨。村裏打齋醮活動的當天，藍姆獨到土地廟去請自己的祖宗，在回家的路上，藍姆獨在山邊發現一條受了傷的小花蛇，傷勢很重，肚臍以下的尾巴都沒有了。善良的藍姆獨馬上脫下外衣把受傷的這條小白花蛇包起來帶回家。經過救治和精心護理，小蛇恢復了健康。

2. 情同母子：小蛇像小孩子一樣寸步不離左右，藍姆獨認它做乾兒子，取名特掘，小花蛇立時變成一個帥氣的後生小夥子跪在藍姆獨面前，說要贍養老人一輩子。

3. 助鄉親：母特掘（即藍母獨）為人一生善良，特掘正直厚道，有肯幫助人，所以，特掘這一家很受人尊重。這一年大明山下遭遇大旱災，為解救眾鄉親，特掘化成銀龍飛上天去求雨。隨後真的下起了大雨，村民們得救了。

4. 葬母：特掘家住的是老泥土房，大雨過後房子倒塌了，姆特掘被壓死。特掘悲痛萬分，哭得死去活來。在村民的幫助下，特掘請來道公、師公，開了三天三夜的道場，最後把姆特掘安葬在大明山腳下的弄桃嶺，面對清清的裏民河。

5. 祭母：姆特掘死後，村里人怕特掘孤獨，後生們都去陪伴他睡覺。特掘在媽媽的靈臺上供奉香火，七七四十九天晝夜不熄。按壯族風俗，滿四十九天就要請來道公搞「拔臺」，拔臺後香火可以滅，靈臺就要燒掉，孝男孝女可以解下孝衣，孝男可以剃頭髮，可以喝酒吃葷，遠行交友。拔臺的第二天晚上，人們發現特掘已經不知去向。

6. 掃墓：第二年三月初三前夕的一個深夜，從大明山邊吹來一股大風，村前屋後的竹林吹得沙沙作響。第二天一早，村民們發現姆特掘墳前燒起了香火，擺上了供品，原來昨夜刮的這股風是特掘回來給他母親掃墓。後來，每年三月初三到來前夕，都刮來這股大風，大風一到，人們就說，特掘又回來給他媽媽掃墓了。為了紀念特掘母子的功績，壯族後人都在沿河岸邊建起廟宇，每年三月初三都到廟裏燒香拜謝。而且還下禁令壯人不准吃蛇肉，更不准拿蛇進家來宰殺烹食。

通過對以上龍母傳說故事情節單元的分析，我們可以看出在西江上游壯族地區有一個深厚的「掘尾蛇」傳說故事圈，這些傳說故事有三個特點：

一是流傳範圍廣。大明山麓武鳴、上林、馬山、賓陽四縣共有 16 個鄉鎮，筆者走訪調查時發現，其中絕大多數鄉鎮 50 歲以上的老人都能講述「掘尾蛇」的故事，而且很多年輕人也都瞭解故事的內容。

二是主要情節基本相同。流傳於西江上游壯族地區的龍母傳說目前採集到 21 個版本，以上提到的只是其中流傳範圍較廣的幾個。通過分析，我們不難發現，這些不同版本的龍母傳說故事的情節比較簡單，篇幅也比較短小。不過它們的主要情節基本相同，都有撿蛇、養蛇、斷尾、葬母、掃墓等情節，龍母的身份也都是寡居的老婦人，蛇的數量也只有一條。差異主要在於撿蛇或斷尾的方式有所不同。

三是傳說故事中沿用了真實的地名。以上故事版本中提到的地名大多是至今仍然使用的名字。如羅波鎮、芭仙、石門鎮、石南海等。

二、西江漢族地區龍母傳說的情節單元

（一）梧州龍母傳說的情節單元〔註3〕

1. 神奇誕生：父親溫天瑞、母親梁嬌，女媧託夢得龍姬，楚懷王辛未年

〔註3〕該文本見於韋翔編著：《漫話龍母文化》，北京：中國文史出版社，2006 年 7 月第一版，第 7～56 頁。

（即周赧王 25 年）誕生於藤州水東街孝通坊（現藤縣藤城鎮勝西村）裏。

2. 木盆漂流：孝通坊突遇洪水，為保命，父親將未滿周歲的龍姬放入木盆，木盆順水飄到粵東晉康郡程溪的一個河灣。

3. 木盆漂流：河灣里一位叫梁三的漁夫發現了木盆中的女嬰，便將龍姬收養。

4. 義結七蘭，利澤天下：龍姬長大後與自家姐妹及四個鄰家姑娘一起結拜金蘭，宣誓要「利澤天下」。此後，龍姬不僅研習醫術，在鄉里拯溺治病，更是成為蒼梧氏族的領袖，力疏西江，善名遠播。

5. 拾卵豢龍：龍姬到江邊洗衣，在水中拾得一個巨蛋，孵出五條蛇狀的蜥蜴，將之撫養。

6. 誤斷龍尾：龍姬砍草棘時誤將一個小龍的尾巴砍斷。

7. 小龍離家：龍姬砍斷一條龍尾後，五條小龍便離開了。

8. 化龍歸來：幾年後，五條小龍長成大龍，歸來拜見母親。龍姬成為龍母。

9. 與法師鬥法：外地來的法師賴普儀為爭寶地與龍母鬥法，在五龍子的協助下，龍母大勝，保住了風水寶地。

10. 始皇迎龍母，龍子引舟還：秦始皇聽說了龍母的聖蹟之後，滿懷敬意，派專使南下禮迎龍母進京。龍母不願進京，五龍子施展法術，護母返航。

11. 龍子葬母：龍母仙遊後，五龍子化為五位書生，將母親安葬於程溪南岸的青旗山後面。

12. 移墓、守墓：後來龍母墳又被五龍子遷葬到北岸江灣處。五龍子及白鹿、黃猿等在墳前守墓。

（二）藤縣龍母傳說的情節單元〔註4〕

1. 神奇誕生：家住藤縣水東街孝通坊的溫天瑞，其妻梁氏（廣東德慶悅城人），懷胎 18 個月，於楚懷王辛未年五月初八，生下一女，取名溫媼。

2. 三棄三收：溫媼未滿一歲便被東海夜叉擄走，用木盆裝著放入西江漂流，直至悅城，被一老漁翁撞見，起初老漢怕女嬰跟著自己受罪，不肯收留，將木盆推開，但木盆馬上又迴旋過來，一連三次都是推去又回，最終覺得這是天意，便將溫媼帶回。

〔註 4〕該文本見於霍煜梧主編：《龍母的傳說》（藤縣文史第十九輯），廣西內部資料，梧州：藤縣政協文史資料委員會出版，2006 年 9 月。

3. 拾卵豢龍：一天，溫媼和小姐妹玩耍，挖沙時挖出了一個五顏六色的巨蛋。八個月後，孵出了五條蛇狀大壁虎，溫媼捉魚蝦餵養它們。五條壁虎漸漸長大變成五條小龍。五龍非常孝敬母親，經常幫忙幹活。

4. 義結七蘭：溫氏研習醫術，時常幫助鄉親診病。因她待人友好，村上姐妹便和她義結金蘭，立誓：「利澤天下」。由於人們對溫氏的信賴和崇拜，擁她為氏族領袖，帶領群眾建設家園。

5. 五龍戲水：五龍定居龍潭後，無所事事，戲水玩耍不料西江因此暴雨成災。溫氏嚴訓五龍，此後五龍變得安分守己，為西江的風調雨順做貢獻。

6. 征服惡龍：東海龍王欲奪取灘江龍王的夜明珠，派蟒龍前來西江作亂，在龍母和五龍子的協力下，將蟒龍降服。

7. 與法師鬥法：外地來的法師為爭寶地與龍母鬥法，龍母大勝，保住了風水寶地。

8. 始皇禮聘：秦始皇聽說了龍母的神奇傳說，起了好奇心，要迎龍母入京為貴妃。龍母不願，五龍便施法，護母回鄉。

9. 龍母升仙：龍母升仙後，龍子隨其雲遊四海。

（三）悅城龍母傳說的情節單元〔註5〕

1. 三棄三收：傳說龍母生在周秦時代，有一天，悅城漁翁梁三捕魚，見江上漂來一木盆，裏面裝著一個女嬰，老漢不忍心女嬰跟著自己受苦，便把木盆推出去，木盆隨著一股旋流，又轉回到他面前，如是一連三次。梁三便將嬰兒抱回家。

2. 馴服白鹿：龍母喜歡白鹿，白鹿踐踏人家的禾苗，她就砍去了一隻鹿腳。

3. 拾卵豢龍：一天，她到程溪浣紗，拾得一個五彩斑斕的巨卵，孵出五個好像壁虎一樣的小動物，她便養育了這五龍子。

4. 斑龍闖禍被斷尾：最小的斑龍貪玩，無意間闖禍，搞得漁夫不能打漁，農民無法種莊稼。龍母忍痛剪斷它的尾巴以示懲戒。

5. 小龍離家：斑龍斷尾後，騰空飛去，其餘四條小龍也隨後跟去。幾年不見蹤影。

6. 化龍歸來：西江旱情嚴重，五龍子興雲布雨，救活了禾苗，回家探母。

〔註5〕該文本取自《龍母傳奇》，見葉春生、蔣明智主編：《悅城龍母文化》，哈爾濱：黑龍江人民出版社，2003年，第33頁～36頁。

7. 始皇禮聘：秦始皇聽說了龍母育兒為龍的事蹟之後，便派使者來到悅城，要招龍母入宮。龍母不願，五龍子將龍母接回。

8. 龍母被害：返回悅城後，養父煮了一條大鯉魚，可是龍母被魚骨卡住喉嚨，斷氣了。原來是海龍王指使鯉魚精幹的勾當。

9. 葬母：龍母去世後，鄉親們把她葬在悅河東岸。

10. 移墓、守墓：五龍子湧沙為墳，把龍母墓遷到龍母平日放牛、績麻的珠山寶地上，還化為五個秀才，披麻戴孝，在龍母墓旁守靈三年。後來墓側建了一座「孝通廟」。

由以上西江中下游龍母傳說的情節分析中，我們可以知道：傳說流傳到漢族地區，龍母已經由一個普通的寡婦演變成一位志行高潔，心懷百姓，善良博愛的勞動婦女，她因豢龍而被尊為龍母，又因秦始皇的禮聘而更被神化。龍母傳說與歷史事件結合，敷衍出更加豐富的故事情節。

第二節 民間傳統中龍母傳說的結構與情節單元

20 世紀 30 年代初，鍾敬文發表《中國民間故事型式》，將龍母故事列入了「龍蛋型」。〔註6〕德國學者艾伯華（Wolfram Eberthard，1901～1989）在1937 年出版的《中國民間故事類型》中，用母題索引的方法列出了兩個類型與此有關，即「60、龍的母親」和「龍蛋」。其中「龍的母親」型的情節單元如下：

1. 有個女人以神奇的方式受孕。

2. 她生了一條或幾條龍。

3. 她死後受到人們的尊敬。〔註7〕

20 世紀 80 年代，顧希佳在其《龍子望娘型故事研究》中將龍母故事歸入「龍子望娘」型故事。「龍子望娘」型故事是我國龍的傳說中比較古老，而又幾乎遍及全國各地的一種類型。它主要由以下兩個情節單元組成：

1. 龍子誕生。分別有三種情形：

〔註6〕鍾敬文：《鍾敬文民間文學論集》（下），上海文藝出版社，1985 年版，第346～47 頁。

〔註7〕〔德〕艾伯華著，王燕生、周祖生譯：《中國民間故事類型》，北京：商務印書館，1999 年，第 113 頁。

A. 一女子感應懷孕，生下龍子；

B. 一女子拾得龍卵，孵龍撫養，龍長大後認其為母；

C. 一小孩誤吞龍珠變龍。

2. 龍子騰空飛去，回頭望娘；或以後回來探望母墳。

按照龍子誕生的不同情形，顧希佳將「龍子望娘」型故事又分為三個亞型，即感應懷孕型，拾卵撫養型和吞珠變龍型。〔註8〕其中感應懷孕型出現最早，始見於范曄的《後漢書‧竇武傳》，主要以流傳在山東、東北等地的《禿尾巴老李》、〔註9〕湖南的《椿巴龍》、〔註10〕雲南白族的《白王的傳說》、〔註11〕浙江的《霧龍》等篇為代表；拾卵撫養型最早見於沈懷遠的《南越志‧端溪溫媼》，可以廣東的《悅城龍母》、〔註12〕廣西的《禿尾龍》〔註13〕等篇為代表；吞珠變龍型最遲，到清代才出現，以四川的《望娘灘》、〔註14〕浙江的《龍池山》、廣西侗族的《望娘灘》和水族的《寶龍珠》〔註15〕等篇為代表。

2004 年蔣明智認為有必要將悅城龍母傳說另立一個類型，叫「掘尾龍祭母」型故事，並將其歸納為如下幾個情節單元：

1. 溫氏在岸邊拾卵得龍。

2. 溫氏誤斷龍尾，掘尾龍離家遠走。

3. 秦始皇遣使致聘龍母，龍引舟還。

〔註8〕顧希佳：《龍子望娘型故事研究》，《民間文學論壇》，1988 年第 3 期。

〔註9〕山東省民間文藝家協會 1989 年為舉行禿尾巴老李傳說學術討論會編印的《禿尾巴老李的傳說》，收入異文 100 多篇。東北的異文，在已出版的《中國民間故事集成‧吉林卷》、《中國民間故事‧遼寧卷》，中皆有收錄；黑龍江也有《禿尾巴老李》，載《黑龍江民間故事選》，黑龍江人民出版社，1983 年版，第 2 ～4 頁。

〔註10〕《椿巴龍》流傳在洞庭湖流域，巫端書《荊湘民間文學與楚文化》有論述，並附錄異文篇 86 例，嶽麓書社，1996 年版，第 80～98 頁。

〔註11〕《白王的傳說》，見《白族民間故事選》，上海文藝出版社，1984 年版，第 15～18 頁。

〔註12〕《悅城龍母》，見《廣東民間故事選》，花城出版社，1982 年版，第 236～241 頁。

〔註13〕《禿尾龍》，見《廣西少數民族民間故事》，廣西民族出版社，1985 年。

〔註14〕《望娘灘》，見《中國民間故事集成‧四川卷》（上），中國 ISBN 中心，1998 年版，第 301～303 頁，據該書附錄二載，四川省內有「望娘灘」異文 25 例。

〔註15〕祁連休等主編：《中國傳說故事大辭典》，中國文聯出版公司，1992 年版，第 16～17 頁。

　　4. 龍母卒，龍子移墓葬母。〔註16〕

　　或許，艾伯華當時並沒有掌握足夠的龍母傳說的文本，所以他的結論並沒有完全包括龍母傳說的情節單元，忽略了其中誤斷龍尾和龍子歸來探母兩個重要的情節單元。顧希佳在統計了 300 餘篇異文之後，補充了龍子回頭望娘和離家後歸來探望母墳的情節，並將《悅城龍母》歸入「龍子望娘·拾卵撫養」型故事。如果將流傳在廣西壯族地區的短尾蛇傳說的多篇異文納入其中，學界也許會得出另一種結論。

　　據筆者統計，僅廣西大明山麓一帶，迄今已搜集到龍母傳說的異文就有21 篇，其中包括筆者隨謝壽球幾次田野調查採集到的花甲山和三江口宋村兩個版本的龍母故事。

　　有別於別處的龍母傳說，大明山麓這些異文的主要情節單元簡述如下：

　　1. 老嫗救助小蛇，蛇認其為母。

　　2. 老嫗誤斷蛇尾，掘尾蛇變成龍，離家出走。

　　3. 母卒，掘尾龍歸來葬母，岩洞葬。

　　4.「三月三」掃墓。

　　筆者贊同蔣明智的分類方法，認為將西江流域龍母傳說的類型單獨納入新的類型——「掘尾龍祭母」類型更為妥當，並在其基礎上，與大明山地區流傳的多個異文結合，將情節單元做出如下調整：

　　1. 龍（蛇）來歷。分別有兩種情形：

　　　　A. 一女子拾卵得龍，孵龍撫養，龍長大後認其為母；

　　　　B. 一女子偶遇小蛇，救助撫養，蛇長大後認其為母。

　　2. 女子誤斷龍尾（蛇尾），掘尾龍（掘尾蛇）離家。

　　3. 母卒，掘尾龍（掘尾蛇）歸來葬母。

　　4. 移墓或岩洞葬。

第三節　壯漢地區龍母傳說情節單元比較

一、龍（蛇）來歷

　　如上所述，流傳於西江流域的龍母傳說，龍（蛇）的來歷各異，尤以上

〔註16〕蔣明智：《論古籍、碑刻記載中的悅城龍母傳說》，載於《民族文學研究》，2004 年 1 期。

游壯族地區的變異居多。

龍（蛇）的來歷有以下幾種：

1. 拾蛋得龍

寡婦上山找蘑菇時在山洞裏發現了異蛋，孵出小蛇（壯族龍母傳說《羅波潭的由來》）；龍母水中拾得一個巨蛋，孵出五個小龍子（梧州的龍母傳說）；龍母挖沙時發現一巨蛋，孵出五個小龍子（藤縣的龍母傳說）；龍母程溪浣紗拾得一巨卵，孵出五個小龍子（悅城龍母傳說）。

2. 蛇入水桶

寡婦到水邊挑水，桶裏發現小蛇（《婭僕與特掘》、《婭邁與特掘》、《禿尾龍的故事》、《特掘的傳說》、《禿尾龍》、《萬壽公王韋厥》）。

3. 路上偶遇

老婆婆在挖野菜回來的路上，發現了小蟲（《獨龍掃墓・鬧龍殿的傳說》），或是老婦人從地裏收工回家的半路上遇到小蛇（《特掘掃墓記》），或是寡婦在打齋醮回家的路上發現的小蛇（《特掘的故事》）。

4. 菜地偶遇

一年冬天，龍婆婆在菜地裏發現快凍死的小蛇，帶回家救活。

二、斷尾原因

西江流域龍母傳說中，除了藤縣的龍母傳說以外，其餘都有龍（蛇）斷尾的情節單元，而且斷尾原因也各有不同。筆者將其分為主動型、被動型和未知原因型三種：

1. 主動砍斷型：為避免小蛇長得太大，龍母主動截其尾（《獨龍掃墓・鬧龍殿的傳說》）；而悅城龍母傳說中，斑龍斷尾是因其闖禍才被龍母砍斷以示懲戒。

2. 被寡婦誤斷型：被婭僕剁豬菜誤砍斷（《婭僕與特掘》、《婭邁與特掘》、《禿尾龍的故事》、《特掘的傳說》、《禿尾龍》、《萬壽公王韋厥》）；被阿婆鋤收花生時不小心鋤斷（《羅波潭的由來》）；被賣油膜的籃蓋壓斷（《龍母傳說》）；梧州的龍母傳說中，小龍的尾巴是被龍母砍沙棘時誤砍斷的。

3. 未知原因型：不知被誰打斷了尾巴（《特掘掃墓記》、《特掘的故事》）。

三、離家

　　西江中下游漢族地區流傳的龍母傳說，都有龍子斷尾後，離家出走的情節。而上游壯族地區只有《獨龍掃墓・鬧龍殿的傳說》一則異文裏有掘尾蛇離家的情節，說的是特掘身體長得太大了，茅屋快被它擠破，老婆婆無法，只得讓他出去謀生。

　　其他如大明山麓武鳴羅波鎮的兩個版本《婭僕與特掘》與《羅波潭的由來》，武鳴兩江《龍母傳說》，上林縣的《婭邁與特掘》、《特掘的傳說》、《禿尾龍》、《萬壽公王韋厥》，馬山的《特掘的故事》等版本都沒有提到蛇子離家。

四、葬母

　　在西江上游的壯族地區的傳說中，對葬母這一情節有以下幾種描述：

　　1. 婭僕過世後，特掘抱起她到羅波潭裏洗身（《婭僕與特掘》）。

　　2. 為她舉行隆重的道場（《婭僕與特掘》、《特掘的故事》）。

　　3. 特掘用大樹做成棺材收殮了母親，並將棺材懸掛到「仙岩」的峭壁上（《婭邁與特掘》），

　　4. 將寡婦的屍體安葬在山洞裏（《禿尾龍的故事》、《特掘的傳說》、《萬壽公王韋厥》）。

　　壯族地區的龍母傳說的葬母情節，充分體現了壯民族的民俗風情。至今壯族民間仍有給死者買水洗身及做道場的習俗，懸棺葬和山洞葬均為壯民族古老的喪葬方式。比較而言，西江中下游漢族地區的傳說中，對葬母這一情節並沒有特別的描述，只說龍母去世後，五龍子將她安葬在程溪或悅河東岸。

五、移墓

　　壯族地區的龍母傳說沒有移墓的情節，而流傳在藤縣、悅城等漢族地區的龍母傳說卻特別強調這一情節。

六、掃墓

　　西江上游壯族地區的龍母傳說，大都有掘斷尾蛇每年「三月三」歸來掃墓的情節，而中下游漢族地區的傳說則沒有掃墓一說，但是特別強調五龍子守墓盡孝。從中也可以看出壯漢民族喪葬習俗的不同。

七、始皇迎聘

這一情節始見於《南越志》中的記載，西江中下游悅城、藤縣、梧州等漢族地區民間流傳的龍母傳說都保留了始皇迎聘這一情節，並大肆渲染，以增強傳說的可信度，提升龍母的威望之故。在壯族地區流傳的各個異文至今未見此情節。

第四節　斷尾與成年考驗

一、何以斷尾

如前所述，全國範圍來看龍（蛇）斷尾的情形有多種：或為母親誤斷，或為父親所斷，或為舅舅所斷，或為和尚、道士所斷，或為其他的自然因素所斷，不一而足。而西江流域流傳的龍母傳說中，龍（蛇）斷尾的情節均由母親來完成，且多數是誤斷。

龍（蛇）斷尾的說法，顧希佳的文章對此現象作過初步探討，他寫道：

> 值得一提的是斷尾巴的說法。我們發現，北自黑龍江，南至廣東，此類傳說都喜歡將龍子的尾巴砍斷，儘管原因不盡相同。古籍中斷尾之說遲至明清才出現，以前的記載都不見斷尾情節。這也許是由於原生的感生說在後世受到了衝擊，才會出現這帶有傳奇色彩的一刀。故事雖然保持了傳統的說法，卻勢必要帶上後世流傳那個社會階段的烙印。另外一個原因，則也許是統治階級已經把龍子和皇帝牢固地聯繫在一起了；民間故事為了避諱，也不得不加上這一刀。加了這一刀，尾巴雖斷，卻可繼續留在民間。斷尾，正是民間文學中變異性和傳承性對立征戰的產物。同時，斷尾巴這一藝術形象所展示出來的這種有缺陷的美，則比沒有斷尾巴的時候更有個性，更有感染力，因而更加受到人們的喜愛，這也是符合美學原理的。〔註17〕

上述論斷有不少可取之處，卻似乎尚未解開這一情節變異之謎。首先須加說明的是，斷尾的說法早在宋人《南越志》之《端溪溫媼》中就出現了，正因為斷了尾巴，「人謂之掘尾龍。今人謂船為龍掘尾，即此也」，只是人們

〔註17〕顧希佳：《龍子望娘型故事研究》，《民間文學論壇》，1988年3期。第56頁。

不懂壯語，無法正確解讀「掘尾龍」的含義。「嫗後治魚，誤斷其尾」，只是出於誤傷罷了。當時的傳說講述人並沒有賦予這一情節以更深的寓意。明清以來的說法則是其父或舅視之為妖孽降生，本想斬除，因其母阻攔或遲疑，只砍斷龍尾，使之脫逃，從此它就成了一條禿尾巴「孽龍」了。正如《子不語》中的文本所稱：「父惡而持刀逐之，斷其尾」。

王娟在《斷尾龍故事類型的心理分析研究》一書中，運用佛洛依德的精神分析理論，分析了斷尾的情節。她認為，兒童對母親的依戀，往往交織著對父親的「仇恨」和對自我的譴責；對母親懷有性衝動的罪惡感往往使兒童渴望收到母親的懲罰，同事也懼怕父親懲罰自己。「閹割」是最合適的懲罰方式，因而，在斷尾龍傳說中，斬斷龍尾，實際上是閹割的一種表現形式。〔註18〕

農學冠教授也嘗試用精神分析方法，分析了龍母傳說的主要情節單元：

　　1. 夫人拾得一蛋，蛋生蛇（借喻無父）；

　　2. 婦人砍斷蛇尾（象徵閹割男孩子生殖器）；

　　3. 蛇離家出走（戀母受抑制的痛苦）；

　　4. 婦人死，蛇來守靈、出殯，且每年來掃墓（以「孝」為表，「戀母情結」為裏）。

接著，他進一步指出：「我們用那個佛洛依德的『無意識』理論來試析這個故事，總感到很牽強附會，它往往引導人們偏離故事的本意，潛沒於性主題的沼澤裏。當然，弗式的精神分析法對文學分析是有幫助的，特別是在無意識學說基礎上建立的『原型』理論，對神話和民間故事的研究無疑提供了一條有意義、有價值的途徑，但用那個泛濫性的『戀母情結』來解釋很多民間故事是無法令人接受的。」〔註19〕

關於斷尾，劉守華則認為：

　　　龍子之所以挨刀斷尾，是被人視作妖孽、遭人嫌棄的結果。這一變異同人們對女人生龍子這一傳統情節的排斥心理有關，反映了社會文明的進步在民眾心理上的投影；可是它還有更深的象徵意義：由於挨了這一刀，龍子就變成了一條為家庭、社會所不容的「孽

〔註18〕王娟：《斷尾龍故事類型的心理分析研究》，《民間文學論壇》，1994年3期，第34頁。

〔註19〕農學冠：《嶺南神話解讀》，南寧：廣西民族出版社，2000年，第189頁。

龍」，不能不遠離家鄉、由此還形成了它具有叛逆意義的暴烈性情。
但它孝敬父母以及愛戀家鄉的情感卻始終如一。人們在此基礎上進
行巧妙構想，便編織出了關於這條孽龍的種種有趣故事。〔註20〕

可見，對於斬斷龍尾的原因，尚未得出一致的看法。下面我們嘗試從另
一角度對它做一番新的考察。

二、斷尾與成年變形考驗

從西江流域龍母故事的多個文本可以看出，斷尾——化龍是一種必然的
因果關係，是一種固定的聯結關係。斷尾——化龍的固定聯結在龍母故事中
被反覆複製和組合，表現出明顯的母題性質。只是在後來的一些民間口傳文
本中，這種固定的聯結也出現了鬆動、斷裂甚至錯位，變成了化龍——斷尾，
斷尾成了對既成之龍施暴為虐的懲罰，斷尾與化龍之間的內在聯繫在母題鏈
的重組過程中變得模糊不清。所以，我們必須把斷尾——化龍視為一種固定
的聯結關係加以考察，才能解讀斷尾母題深層的象徵意蘊和文化觀念，復原
和再現其生成的真正原因。

變形是中國古代動物傳說故事的核心，變成人，或者變成龍，是傳說故
事中動物變形的終極境界。在龍母故事中，所謂的龍子最初都以自然的動物
形態出現，如溫氏拾卵孵出的守宮，婭邁潭邊撿到的小蛇，李氏婦、虞媼、
史氏女感孕而生的蛇、鯉。這些自然形態的動物都因變形而成了超自然形態
的龍，收養或生養它們的女子才有了「龍母之尊」。動物化龍其實是一種意味
深長的象徵行為，因為這種變化不是簡單的外在的變形，而是自然生物體的
整個形與性的變形和重新塑造，是生命形態的完全過渡和徹底變遷，是舊生
命死亡與新生命誕生的過程。守宮、蛇和鯉通過化龍而完成了由自然到超然、
由凡俗到神聖、由有限到無限的生命過渡，其生物屬性與生命形態得以棄穢
拔俗，獲得超越與昇華。古人習慣於把人生際遇的驟然提升稱為「成龍」、「化
龍」、「興龍」、「變龍」，其實就是這種神話象徵的世俗化應用。

龍是中國人信仰觀念中最大的神物，所謂「神能之至」。它不是任何具體
的生物品種，我們不能按照日常經驗來為其歸類。它能昇天潛淵，行雲布雨，
能短長鉅細，惟所欲化，通過超越生物界限的運動體現出至高的神性。龍的
神性實質上是蟲魚鳥獸各種生物特性的一種超驗的綜合，是神話觀念中物類

〔註20〕劉守華：《中國民間故事史》，武漢：湖北教育出版社，1999 年，第 219 頁。

生命的最高形態。所以古代中國人往往將某些自然存在的非龍動物冠以龍名（如龍馬、龍犬、龍鯉、龍蛋）或賦以龍形，以使其獲得超然的神性，甚至認為某些自然形態的動物可以通過變形而成為真龍。《初學記》〔註21〕卷三十引《抱朴子》云：「有自然之龍，有蛇蠋化成之龍。」今本《抱朴子‧內篇‧黃白》云：「蛇之成龍，……亦與自生者無異也。然其根源之所緣由，皆自然之感致。」〔註22〕龍母故事中的動物化龍母題正是對這種俗信觀念的一種模塑與定格，其深層的文化象徵意義便是生命形態由自然到超然、由凡俗到神聖、由有限到無限的過渡與變遷，超越與昇華。

　　值得注意的是，在龍母故事的表層敘述中，守宮、蛇、鯉等動物的變形化龍，並不是一個直接而簡單的過程，而是以斷尾為前提條件的。斷尾是守宮、蛇向龍轉化過渡的標誌，斷尾與成龍之間顯示出一種內在的必然聯繫，就像許多傳說故事中動物變人要以蛻去鱗皮毛羽為前提一樣。〔註23〕如果說動物化龍象徵者對生命凡俗性、有限性的昇華與超越，那麼斷尾母題無疑可視為生命「過渡儀式」的符號表徵。動物只有經過斷尾才能變形化龍，隱喻著人只有通過某種儀式（如成年禮儀）才能完成角色轉變、人格轉變、精神轉變，使生存方式與生命形態提升到一個全新的階段（如成年）。

　　如此看來，斷尾，對禿尾龍或短尾蛇來說，也是必不可少的一種考驗了。

第五節　從葬母和移墓看壯族喪葬習俗

　　如上所述，無論是古籍記載還是口頭形態的西江流域龍母傳說，其文本大都提到移墓情節。如較早記載龍母傳說的唐劉恂《嶺表錄異》云：「朝廷知之，遣使徵入京師。至全義嶺，有疾，卻返悅城而卒，鄉里共葬之江東岸。忽一日，天地冥晦，風雨隨作，及明，已移其冢，並四面草木，悉移於西岸矣。」〔註24〕至今流行在上游壯族地區的口頭形態的龍母故事中，也大多有龍子移墓的說法，大明山麓壯族地區的有些版本還提到崖葬。民族志資料顯

〔註21〕〔唐〕徐堅等輯：《初學記》，三十卷，安國桂坡館出版，明嘉靖10年（1531年）。

〔註22〕〔晉〕葛洪著：《抱朴子》，上海：商務印書館出版，民國年間。

〔註23〕王霄兵，張銘遠：《脫衣主題與成年儀式》，載於《民間文學論壇》，1989年第3期。

〔註24〕〔唐〕劉恂：《嶺表錄異》，成書於唐昭宗（888～904）年間，叢書集成初編本，北京：商務印書館，1936年版，第7頁。

示，移墓與崖葬都與古代越人的喪葬習俗有關。

一、移墓與二次葬習俗

　　壯族原始宗教最早何時產生，目前尚無定論，按一般規律，「柳江人」應當有宗教的萌芽，可惜文化層被人擾亂了。一般而言，隨葬品是靈魂意識和陰間、陽間觀念的標記，但考古發掘時沒有發現，有人認為，「柳江人」當屬於墓葬，但隨葬品可能被群眾運走大量泥土作肥料時丟棄了。舊石器時代晚期到新石器時代早期，壯族地區發掘的遺址中多發現屈肢葬、二次葬、肢解葬、頭骨鑿孔葬、撒赤礦粉葬，並有陶器等隨葬品，表明人們已經有宗教行為。

　　嶺南甌駱民族的喪葬習俗，主要流行土葬和崖洞葬兩種葬法。在施行土葬中，又分為屈肢蹲葬和二次葬兩種。屈肢蹲葬的葬式是用繩索將死者的手腳綁縛成蹲坐姿勢後安葬入墓穴裏。遠古時沒有棺材，也無伸直的必要，便直接將屍體抬到野外埋葬，於是屍骨呈蹲姿勢。這可能是遠古蹲葬的原因。〔註25〕而二次葬，亦稱拾骨葬、大葬、停棺待葬等。這種葬俗，在壯族及其先民中流行很久。從新石器時代到近現代壯族地區，都在盛行。這種葬俗的特點是：其親屬死後，並不立即予以正式埋葬，而是暫行埋葬或寄葬於某處，三五年筋肉腐朽，再拾其骨骼舉行大葬之禮。容觀瓊先生在《從民族志資料看古代二次葬俗的淵源》一文中，談到了世界各地的二次葬習俗及其意義的變遷。就我國而言，在距今七千年前的新石器時代墓葬中，就已出現，「遍及陝西、甘肅、青海、寧夏、山東、黑龍江、江蘇、河南、湖北、湖南、雲南、廣東、廣西、臺灣、上海等十五個省市自治區。」〔註26〕

　　甑皮岩在桂林市南郊的獨山，距市區僅9公里。1965年發掘時，發現人類骨骼18具，其中有14具人頭骨。動物骨骼多達3500多塊，主要有陸上動物牛、羊、豬、亞洲象、鹿、豪豬、猴、獾等，水域動物魚、龜、河蚌、田螺等。值得注意的是，67頭個體豬是人工飼養的。打製石器31件，有砍砸器、盤狀器、砧、杵等，盤狀器為農用重石，是加在木耜上部以利掘土的工具；杵一般用於稻穀脫殼，說明已經有原始稻作農耕。磨製石器有斧、錛、

〔註25〕張聲震主編：《壯族通史》，民族出版社，1997年6月第一版。
〔註26〕容觀瓊：《文化人類學與南方少數民族》，南寧：廣西人民出版社，1990年，第120頁。

矛、磨石等 32 件，占出土石器的 50.8%。出土的繩紋夾砂粗陶多達 912 片，屬於罐、釜、甕等器形，均為手製，火候比較低，出土時是國內出土的最早的陶片。在這裡，發現了屈肢葬、二次葬、頭骨鑿孔葬、撒赤礦粉葬等葬式。

《墨子‧節葬篇》載云：「楚之南，有啖人國者，其親戚死，朽其肉而棄之，然後埋其骨，乃成孝子。」所謂「啖人國者」，《逸周書‧王會解》作「損子國」，《後漢書‧南蠻傳》作「噉人國」，因民間流行「食老」、「食幼」神話傳說而得名。

9000 多年前甑皮岩發現的二次葬，在現在壯族鄉間十分盛行，是壯族的主要葬式。其做法是，老人去世，做道場而后土葬。墓坑選在稍高的土坡，以不被水淹為宜，一般長 2 米、寬 1 米、深 1‧5 米左右，下葬後封土高出地面 1 米左右。其牌樓式的靈位，仍然保留在家中的牆邊，每餐吃飯之前都得先上供，除節日外，平日供品不講究，子孫吃什麼供什麼。靈位保存的時間各地不一，短的半年，長的三年。壯人認為，人死其肉體化消以後，鬼魂才脫離肉體的羈絆，得到真正的自由。故三年肉身完全腐朽，子孫必須將先人的墳墓挖開，打開棺木，將遺骨取出揩乾洗淨，請師公或道公誦經，然後按屈蹲葬的姿勢將遺骨依次放入「金壇」，也就是甕棺葬。「金壇」多為紅陶質，一般高 1 米左右，鼓腹，腹徑 70 公分左右，有蓋。早期有的地方曾經驗以小木棺。無論是小木棺或「金壇」，歷史上都放在乾燥的山洞裏，以氏族為單位，後來則以宗族為單位，各占一個山洞，互不相混。壯人早期住在山洞裏，「金壇」放入山洞，表示鬼魂回到老家，回到先人的發祥地。有的石山山洞很多，各氏族、宗族都在山上找到自己的墓地（山洞），以至整座山都被「金壇」密密麻麻地填滿，「三月三」掃墓後，因每個「金壇」上都掛一掛白色紙幡，滿山飛舞，陰森嚇人。後來受漢族的影響，也請地理先生或師公道公擇穴，找風水寶地，挖個豎穴，深 1.5 米左右，將「金壇」放下去安牢，上面蓋上石板，周圍用 80 公分左右的石板圍成墳圈，填上封土，刻碑紀念。這才算是永久的安葬，一般沒有特殊原因，不再遷墳。因人們認為一魂永遠在墓地，所以年年都要掃墓。二次葬源於鬼魂觀念，也成了孝道的標誌。如果誰的子女不給去世的先人進行二次葬，就要受到人們的譴責，承受巨大的社會壓力。再加上對鬼魂的敬畏，二次葬是必須進行的，至今絕大多數壯族分布區都是如此，只有邊緣地帶或散居壯人，受漢族的影響，不再進行二次葬。

二次葬從萬年前流傳至今，幾末改變，大部分壯族鄉間依然盛行，是壯

族占絕對優勢的喪葬形式，不拾骨被認為不孝，要受世人指責。按照這種習俗，如親屬死非吉日，又未選好吉地，乃先得「寄葬」，即暫時埋在某個地方，或將棺材「寄存」於乾燥的岩洞、崖壁之下，三、五年待其筋肉腐朽、骨節脫落之後，再涮淨筋肉及衣物，按蹲坐姿勢為順序，從腳到頭，講起全部骨骼盛入「金壇」——一種高約一米多，腹徑 70 公分左右的灰色或土紅色陶壇中，放置在乾燥的山洞中永久紀念。後來受漢族堪輿影響，才擇地圈墳立碑，稱為「骨葬」，或稱「大葬」。民間認為，這種葬制的起源是為了等待吉日，古人可能因男人出嫁到妻方家中，並在妻家死亡，因當地氣候炎熱，離其娘家遙遠，不便抬回娘家埋葬，乃暫行埋葬或「寄葬」於妻家附近某地，待筋肉腐爛，骨節脫落，再拾其骨骼帶回死者娘家舉行「大葬」之禮。這種葬制同壯族先民曾流行的「女娶男嫁，夫從妻居」婚制相一致。可見二次葬流傳之久遠。上述考古表明，壯族先民遠在一萬年前的原始宗教意識就相當濃厚。

據文獻記載與民俗調查資料分析，流行二次葬習俗的原因甚多：有的是因死者客死他鄉，遂就地瘞之，待適當時機遷回故里重新安葬，所謂「葉落歸根」；有的是人亡既葬之後，其子孫中有發跡者，遂再行厚葬，所謂「光宗耀祖」；有的是夫妻一方先亡，後需移骨合葬，所謂「生則同衾，死則同穴」；有的是受風水迷信的影響，以為擇塊「寶地」重葬祖先，可保祐子孫發達。更多的是受「入土為安」觀念的支配，如因河流改道、潮水浸蝕、工程興築等緣故造成「入土不安」，便要檢骨遷葬。此外，在普遍實行火葬的今天，人們仍要將骨灰盒埋入土中，也是受著「入土為安」觀念的影響。在部分地區和一些少數民族社會生活中，實行二次葬的動機據說是自古皆然、因襲傳統，並無什麼特別的緣故。

法國人類學家列維·布留爾（Lucien Lèvy-Bruhl，1857～1939）認為，「有關死亡和死人的風俗也許是一切風俗中最持久的。因此，當社會環境、制度和信仰改變了，這些風俗只是很慢地跟著改變。就是在他們的意義逐漸模糊起來甚至喪失時，它們也繼續被遵守著」〔註27〕二次葬習俗的沿革流傳，似乎能印證這個觀點。考古工作者發現：在母系氏族公社和父系氏族公社時代，二次葬習俗已經形成並盛行起來，如在黃河流域的仰韶文化遺址，發現大批二次葬墓，分單人二次葬和集體二次葬兩種形式。其後，以男子為中心的二次合葬墓在南方出現更多。這些材料表明，二次葬的確是一種生命力十分持

〔註27〕〔俄〕列維·布留爾著，丁由譯：《原始思維》，商務印書館，1981 年。

久的葬俗，尤其在廣大南方地區，儘管社會形態進化了，但這種葬俗「繼續被遵守」。但另一個事實是，後世以至今人實行二次葬的思想觀念如故土情結、夫婦同穴、「風水寶地」等，似不可能是初民實行二次葬的動機；換言之，隨著歷史條件和社會信仰的轉換，二次葬僅僅在形式上得到因襲，而其原先的意義很可能已「逐漸模糊起來甚至喪失」了。

二、崖葬習俗

大明山麓上林縣流傳的《婭邁與特掘》、《禿尾龍的故事》、《萬壽公王韋厥》等故事中都提到龍母死後，龍子將其安葬在岩洞或者懸崖。岩洞葬或懸棺葬，其實是百越民族較有特色的葬俗之一。它是利用沿溪兩岸懸崖的自然洞崖、岩隙或人工鑿成的崖洞穴為墓穴，安葬死者。這在古代文獻中，常被稱為「仙船」、「仙棺」、「仙城」，或稱它為「架壑船」、「架壑船棺」等；在近人著作中，又叫它為「崖葬」、「崖墓」、「崖洞墓」、「船棺葬」和「懸棺葬」等等。「懸棺葬」在我國古代的東南、西南地區，以及中南半島、婆羅洲、西里伯、菲律賓、琉球等太平洋諸島，都有發現。〔註28〕就目前所致，我國南方的湖南、湖北、江西、安徽、福建、浙江、臺灣、廣東、廣西、貴州、雲南、四川和陝南等十三個省區均有分布。〔註29〕

現有資料表明，古代越族的懸棺葬，在廣東、廣西等地也有發現，但主要分布在武夷山及其鄰近的閩、浙、贛境內。

關於武夷山「懸棺葬」遺跡，史載不少。蕭子開《建安記》云：武夷山，「半岩有懸棺數千」。〔註30〕《索隱》曰：「顏氏《地理志》，建安有武夷山，溪有仙人葬處，即漢書所謂武夷君」。〔註31〕「小藏峰又有小船2隻，架於橫木之上，歲久不壞，乃曰仙船岩」。又云：「大王峰又有4船相覆，以盛仙函，平枕於洞，船皆圓木刳成」〔註32〕武夷山北面的橫杆山，「岩口有木欄杆，飛

〔註28〕 凌純生：《中國與東南亞之崖葬文化》，臺灣《中央研究院歷史語言研究所集刊》第 23 本下冊，1950 年。

〔註29〕 石鍾健：《懸棺葬研究》，載於《百越史研究論文集》第二輯，中央民族學院研究部編，1980 年。

〔註30〕 李昉等輯：《太平御覽》卷四七，南海李氏出版，清光緒 18 年（1892 年），鎔經鑄史齋，清末重印。

〔註31〕 〔漢〕司馬遷撰、〔南朝宋〕裴駰集解、〔唐〕司馬貞索隱：《史記·封禪書》，上海：中華書局，民國年間出版。

〔註32〕 〔明〕徐弘祖著、丁文江編：《徐霞客遊記》，北京：商務印書館，1986 年出版。

格棧道，……懸棺仙葬多類武夷。」〔註33〕江西龍虎山仙岩，「其高處穴中，往往如囷倉棺槨云，蓋仙人所居也」。〔註34〕今浙江瑞安、慈谿三國時住有閩越族後裔的「安家之民，父母死亡，殺犬祭之，作四方函盛屍，飲酒歌舞畢，乃懸著高山岩石之間，不埋土中作冢槨也」。〔註35〕「象州武仙縣，多有神仙聚集高山，羽架時見，如建州武夷山，皆有仙人換骨函襯之跡。」〔註36〕在各越族分布區內的福建、江西、浙江、廣西等地，都存在過崖葬，但是它僅僅是越人的葬俗之一，而不是所有越人都行此葬俗。在吳國分布區域內的江蘇南部至浙江北部一帶，越人從實際出發，在水網地區，水位很高，就不用挖坑埋屍之法，而實行「土墩墓」葬俗；在西江三角洲地帶的廣東佛山河宕，那裡的越人則以土坑豎穴埋屍而葬；而行崖葬之俗的越人，首先要有高山懸崖這個地理條件。即使同住於此的越人，也只有上層人物或經濟條件較好者即可能行之。且不說鑿洞要花巨大的人力物力，即使利用自然洞穴，要把棺木懸置於幾十米高的懸崖峭洞中，談何容易？這在當時的生產力水平下，是一般越民難以辦到的。

「懸棺葬」處，多選擇高山臨水懸崖絕壁的崖洞或岩隙間，一般是距現在水面（或地面）四、五十米崖壁中、下部，洞口朝著溪河。墓室多沿用天然崖洞或稍加修鑿而成。墓具，以木棺為多，也有「瓷缸」和「仙函」。「懸棺葬」的葬式，推測仙岩、白岩等以木棺為葬具者，應為直肢一次葬。但以「仙函」、「瓷缸」為葬者，應是二次葬。

葬俗作為意識形態的一種，它是人們現實社會生活的反映。因此，葬俗往往同死者生前所處的自然生活環境相聯繫。實行樹葬或風葬的，往往是生活於森林中的民族，如我國古代契丹人，將屍體掛在樹上，三年後將屍骨燒掉；水居民族，如獨龍族對非正常死亡者，將屍體扔在江河之中，任其漂流而去；山居民族，則往往實行鳥葬或獸葬。前者如西藏藏族喇嘛，死後將屍體置於郊外，任禽鳥（如鷹）啄食皮肉，後斂其骨葬之；後者如古代東北靺

〔註33〕〔宋〕樂史：《太平寰宇記》卷一零一，南昌萬廷蘭出版，清〔1644～1911〕年間。

〔註34〕〔宋〕莊綽撰、蕭魯陽點校：《雞肋編》，北京：中華書局，1983 年出版，1997 年重印。

〔註35〕沈瑩：《臨海水土志》，《太平御覽》卷七八零引，南海李氏出版，清光緒 18 年（1892 年），鎔經鑄史齋，清末重印。

〔註36〕〔宋〕樂史：《太平寰宇記》卷一四五，南昌萬廷蘭出版，清〔1644～1911〕年間。

鞣人，以屍體哺獸。居住於山區的古代越人，在死後實行了與「山」、「水」有密切關係的「懸棺葬」，當然與這裡越人的社會經濟生活特點有重要的聯繫。

　　崖葬之俗，是越人生活現實在宗教信仰上的反映。因為「山峰的高達聳天，常被古代的人們堪稱是通往上天的道路而受崇拜；山峰的雄偉和難以接近，則被幻想為神靈的住所而受崇拜」。〔註37〕世代生活於武夷山等雄偉奇峰之間的越人，把高聳雲霄的大山視為生活的依託，對它產生了崇敬的心理，甚至幻想為是他們所崇信的「天神上帝」和「百鬼」的居地，因而崇拜它、嚮往它，並期望自己將來也能如天神那樣，居住於其間，故死後就將屍體安葬在高不可攀的懸崖絕壁的岩洞之中。

〔註37〕朱天順：《原始宗教》，上海人民出版社，第34頁。

第四章 西江流域龍母傳說淵藪新探

第一節 尋找龍母傳說原生態的歷程

　　某個傳說的起源問題，屬於發生學的問題，不只是一個簡單的時間問題，它還涉及到一個傳說作品何以會產生，何以會在某地或山川阻隔的不同地方產生，以及在什麼樣社會的、心理的和文化的條件下產生。〔註1〕具體到龍母傳說，最早產生在何時、何地以及其雛形結構是怎樣的一個故事，不僅是饒有興味的，而且是重要的文化問題。

　　如前文所述，南朝范曄的《後漢書‧竇武傳》可能是龍母傳說的胚胎。到東晉陶潛《搜身後記》中的《蛟子》，就已形成較為完整情節的故事了，晉代顧微的《廣州記》中的記載可能與後來沈懷遠的《南越志‧端溪溫媼》有淵源承續關係。經歷過千年的口頭傳承和書本形式的傳播，傳至現代，龍母傳說仍然還在民眾口頭上傳誦不衰。但龍母傳說究竟起源於何時，百年來學界多有歧見。僅就其起源動因而言，還缺乏足夠的實證材料和有力的開掘。

一、70年代末，壯族代表節日「三月三」的確定

　　壯學泰斗梁庭望先生曾在《壯族風俗志》一書中明確指出，「壯族的一些氏族部落是蛇圖騰，「三月三」歌節實際上是蛇圖騰的祭祀日」。〔註2〕1978

〔註1〕劉錫誠：《白蛇傳傳說：我們應該回答什麼問題》，該文為鎮江民間文化藝術館編《白蛇傳傳說論文集》序言。

〔註2〕梁庭望：《壯族風俗志》，北京：中央民族學院出版社，1987年，第79頁。

年 10 月，應國家民委要求，中央民族大學黨委召集部分學者開會討論民族節日問題，每個民族可以從眾多民族節日中遴選一個作為本民族的代表節日。黨委會後，梁庭望先生組織了一個調研小組，參與人員有藍多民、韋星朗、藍波等專家，也有學生代表馬飆。經反覆商討，選定農曆「三月三」為全國壯族同胞共同慶祝的節日。

　　這是根據千百年來壯人紀念龍母和她辛勤撫育長大的特掘（壯話Daeggud，「斷尾蛇」之意）的感人故事傳說而形成的傳統節日定的。主要基於以下理由：

　　（1）寡婦救蛇，體現壯人救死扶傷的善良品格；

　　（2）寡婦與蛇共處，表示天人合一，人類與大自然和諧相處；

　　（3）龍安葬龍母，表示孝道；

　　（4）蛇變龍，壯族吸收漢文化，壯漢文化融合，民族團結。

　　1979 年農曆三月初三，中央民族大學的壯族同胞開始慶祝「三月三」，邀請了莫文華將軍、吳西將軍、郵電部鍾夫祥部長等原紅七軍將領蒞臨指導。1984 年，中共中央政治局委員、全國人大副委員長韋國清同志和國務院副總理楊靜仁同志等多位國家領導人蒞臨民族文化宮參加了在京壯族同胞的「三月三」歌節。後由廣西壯族自治區民族事務委員會運作，1988 年，廣西壯族自治區人民政府下達文件，正式確定「三月三」歌節為壯族節日。至今已延伸為「南寧世界民歌節」了。從那時以後，壯人年年都在一種新的理念中歡度自己的節日。壯族地區的人民在「三月三」當天，家家戶戶都做五色飯敬祖，年輕人要去趕歌圩。〔註3〕

二、80 年代中後期，關於龍母族屬的考察

　　陳摩人曾從民族學的角度考察了悅城龍母傳說透露的民族歷史信息。他認為，傳說中秦始皇徵召龍母和龍子阻航的情節，從一個側面反映了秦始皇征討嶺南時期，百越族群曾抵制徵召婦女入秦的歷史，而「龍母是百越族群中生活在西江上游一支氏族的頭領，大約正處於母系氏族向父系氏族過渡的前夕」，龍母將巨卵孵育出五龍子，「恰好反映了這個氏族是以龍為圖騰信仰，有五個血緣胞族的聯合或聯合體」。陳摩人進一步推測，龍母這一氏族很可能

〔註3〕詳見徐亞娟：《西江流域龍母傳說淵源新探》，載於《廣西民族師範學院學報》，2019 年 10 月。

就是百越遺裔——疍民的一支。他引顧炎武論疍人與秦始皇鎮壓政策之關係時說，「秦始皇使尉屠睢統五軍、祿鑿河通道、殺西甌王，越人皆入叢薄（江河窪地），與禽獸處，莫肯為秦虜，意者此疍即『叢薄遺民也』」。〔註4〕此說與悅城龍母傳說隱含的史實大致相仿。

三、本世紀初，壯族龍母文化集中點的確立

實際上，早在 1979 年確立「三月三」為壯族全民族慶祝的節日之時，梁庭望先生先生就已經有了尋找龍母文化集中點的想法，但多年來一直未見突破性的進展。直到 2005 年，以大明山旅遊開發為依託，南寧市委組織了壯學界的知名學者、專家在環大明山區域進行了大規模的田野調查。歷時三年的考察，專家組走遍了大明山麓的各個鄉鎮、村屯，搶救了多則關於龍母的傳說、故事、歌謠，探訪龍母文化的遺存古蹟，深入挖掘龍母文化的內涵，尋找龍母文化的集中點。

學界一般都認為西江流域的龍母傳說產生於先秦時期，但是大量的田野調查資料顯示，相對於悅城龍母傳說，大明山周邊的龍母傳說更具原生態特質。迄今為止，雖然我們至今未能在魏晉以前的文籍材料中，發現有關龍母傳說的記載，但不能就此否認龍母傳說在魏晉以前就已存在的事實。

眾所周知，在漫長的歲月中，我國大多數少數民族都沒有自己的文字，即使少數有自己的文字，但由於歷史的原因，文字通行面不廣，文獻資料也很少，因而要搜集大多數民族的文學史料，唯一途徑便是世代口耳相傳的口頭文學。以往的研究拘泥於文獻資料的框架中，認為只有根據文字記載的史料才是信史，除此就是荒誕無稽的野史。照此說來，世界上有文字記載的民族歷史，最早也不過四五千年，在人類歷史長河中，四五千年只不過是短暫的一瞬。我國有文字記載的歷史，現在能見到的最早的文字記載，只是殷墟出土的甲骨文中商代的片斷歷史，而少數民族文字較早的是藏族在 7 世紀創造的藏文，其他幾個民族則都在 10 世紀以後才有文字。如此說來在我國五十多個少數民族能寫史的也只有幾個，而且以文字出現的年代來說，只能寫斷代史，不可能寫通史。那麼，原來沒有文字的民族，將永遠成為沒有歷史的民族了。

〔註4〕管林主編：《廣東民間文學研究論文集》（第一集），中山大學出版社，1992
　　　年版，第 169 頁。

然而事實並非如此，馬學良先生曾說過，「沒有文字的民族主要史料應來自民間的口頭文學」。〔註5〕我國第一部以人物為中心的紀傳體通史《史記》的作者司馬遷，早在兩千年前，他的《史記》第一篇《五帝本紀》記述傳說中上古五個帝王——黃帝、顓頊、帝嚳、堯、舜的事蹟，正是取材於各地傳說，他曾經「西至空峒、北過涿鹿，東漸於海，南浮江淮矣。」所到之地，「長老皆各往往稱黃帝堯舜之處」，可見其史料來源是通過各地長老傳述來的，這對我們研究民族文學有重要的啟示作用。多年的實踐證明，我們如果在大量的民間口頭文學中運用歷史唯物主義的觀點方法，對口頭文學作全面的比較分析，梳理出文學發展的歷史規律，可以在少數民族文學的研究領域提出科學的論據。

結合大量的田野調查資料及既成的研究成果，我們可以得出結論：西江流域的龍母傳說應該是一個源於百越民族的古老傳說，其歷史遠遠早於先秦，可追溯至遠古的圖騰時代。秦始皇以來的龍母傳說以掘尾龍為主體，是龍母傳說的次生態階段，其原生態階段更要追溯到遠古氏族部落時代。如今我們所見的龍母傳說正是經歷了以掘尾蛇為主體的原生態傳說階段敷衍至以掘尾龍為主體的次生態傳說階段的嬗變過程。

第二節　掘尾蛇傳說與壯族原始宗教

原始宗教是人類社會發展到原始社會高級階段的產物，大約產生於早期智人到晚期智人的舊石器時代晚期到新石器時代初期，也就是母系氏族時期，其萌芽距今約有幾萬年的歷史。壯族原始宗教最早何時產生，目前雖無定論，我們仍能通過考古發現、民間文學以及田野調查等考察方法，找到壯族先民自然崇拜、鬼魂崇拜、生殖崇拜、圖騰崇拜和祖先崇拜的痕跡，並推斷壯族先民遠在一萬年前的原始宗教意識就相當濃厚。

一、蛇圖騰崇拜

圖騰，意為「他的親族」，「兄妹親屬關係」或「他的親屬」。其真正含義是「個人保護者或守護力量，屬於作為個人的人。」〔註6〕在以狩獵、採集

〔註5〕參見馬學良：《中國少數民族文學史・序》，載於馬學良、梁庭望、張公瑾主編：《中國少數民族文學史》，北京：中央民族大學出版社，2001年2月第1版，第3頁。

〔註6〕〔德〕比德曼著，劉玉紅譯：《世界文化象徵詞典》，灕江出版社，2000年。

為主的舊石器時代，人們經常觀察的是自然界中的動植物，主要思考的是人與動植物的關係。圖騰崇拜的形成正是基於原始思維的「人——動植物」的二元結構，基於人類早期原始的混沌律。〔註7〕

　　人類的早期文化主要是由人的本能活動所創造的。人類早期的本能活動主要有「求食」、「求偶」和「求安」三種。〔註8〕「求食」和「求偶」的本能是為了滿足生理需要，因而創造各種物質文化（如衣食住行和生產生活用具等）和社會文化（如婚姻、家庭等）；「求安」的本能活動是為了滿足精神需要，因而創造各種精神文化（如宗教信仰、神話藝術等）。因此，宗教信仰的產生於人的求安的本能是分不開的。圖騰崇拜作為最早的宗教形式之一，其產生與「求安」本能更為密切。在洪荒遠古時代，人類的生存條件和自然環境極為惡劣，雷電風雨，洪水猛獸，時刻威脅著人類的生存，在強大的自然力面前，這種異己的力量逐漸演化成了圖騰崇拜的對象和自然神靈觀。為了在生存鬥爭中求得自身的安全，原始居民除了採用積極的方法來抵禦各種威脅之外，還採用一種消極的方式來求得安全。這種方式不是跪拜祈求，而是結親或認親，與某種動物結為親屬或認某種動物為祖先。他們相信每個氏族都與某種動物、植物或者自然現象有血緣關係，能幫助他們戰勝敵人和野獸，戰勝或逃避自然災害。於是，人類把這種動植物或無生物當作本氏族的「圖騰」，把它當作氏族的始祖神或保護神，於是便產生了圖騰崇拜。

　　壯族是一個多圖騰的民族，據學者們研究，壯族所崇拜的圖騰具有多樣性、混沌性和變異性的特點，它不是單一的而是多元的，不是孤立的而是立體的，壯族所信仰的圖騰多達數十種，往往和原始宗教的許多東西結合，體現了極大的混沌性和包容性，同時它又是在不斷地發展和變化著，有原生圖騰和衍生圖騰的分別，比如蛇圖騰是原生圖騰，而龍圖騰則是衍生圖騰。〔註9〕

　　居住在我國東南方的百越民族，他們的祖先是最早以蛇作為圖騰的氏族。百越民族是在盤古氏、伏羲氏、九夷（蚩尤）及三苗等部族基礎上發展起來的一個氏族。大約在堯舜時，三苗或苗蠻族從中原遷回南方，到達長江中下游。《呂氏春秋》：「堯戰於丹水之浦，以南蠻」。《山海經》：「昔堯以天下

〔註7〕鄭元者：《圖騰美學與現代人類》，上海：學林出版社，1992年3月。
〔註8〕何星亮：《蒼龍騰空》，北京：社會科學文獻出版社，1998年12月。
〔註9〕丘振聲：《壯族圖騰考》，南寧：廣西教育出版社，1996年12月第一版。

讓舜，三苗之軍非之，帝殺之，有苗之氏，叛入南海，為三苗國。」夏禹在治水時到達湖南南嶽，晚上夢見一個「人面蛇身」的「玄夷蒼水使者」，教其治水辦法，使之得以開山導河，百川歸海，終於治好水患。由此而傳說，南方百越民族淵源於以蛇為圖騰的氏族。〔註10〕

《說文·蟲部》蠻字條下釋：「南蠻，蛇種。」就是說，「南蠻」崇拜蛇圖騰，奉蛇為祖先，他們是蛇的後裔。「南蠻」泛指南方古代民族，同越族有密切關係，至少應包括越族在內。同書又云：「閩，東南地，蛇種。」《太平御覽》卷一七零「州郡郊」也同樣說：「閩州越地，即古東甌，今建州亦其地，皆蛇種。」這已明白無誤地直指「閩」這個「東南越」，或「閩州越地，即古東甌」，是崇拜蛇圖騰的；《國語·吳語》載：「闔閭……欲並大越，越在東南，故立蛇門……越在巳地，其位蛇也，故南大門上有木蛇，北向首內，示越屬吳也。」同書又載，申胥勸吳王夫差，不可放越王句踐回國時說：「夫越王好信以愛民，四方歸之，年穀時熟，日長炎炎，即吾猶可戰也。為虺弗摧，為蛇將若何……」類似記載，又見於《吳越春秋·句踐入臣外傳》：句踐戰敗入吳為臣，獲赦回國時，吳王即送他「於蛇門之外」。凡此種種記載，都把蛇作為大越的象徵或標誌，這正是「大越」為「蛇種」之緣故。

壯族先民崇拜蛇圖騰，這與他們所處的地理環境和原始的生活方式密切相關。南方氣候潮濕，林木繁茂，川河密布，自古便多蛇蠍。狩獵時代的壯族先民無論陸居舟處，採集捕獵，都會遇到形形色色的蛇類，他們對這種又凶又毒的水陸動物既敬畏又無法征服，萬物有靈的觀念使他們產生了對蛇的崇拜，奉蛇為圖騰，把蛇紋鑄在生活用具的陶器和用於祭祀、戰爭等方面的神奇銅鼓上，不但如此，他們還試圖以文身的方式討蛇的歡心，自承為蛇圖騰的子孫，祈求本族守護神蛇圖騰的祐護。

壯族崇蛇習俗源遠流長。早在新石器時代，壯族先民越人燒製的「印紋陶」上，紋飾便出現了蛇形的花紋，或單蛇悠閒獨處，頭尾活靈畢現，或雙蛇曲蜷纏繞、兩尾相交，昂首而立。〔註11〕廣西境內新石器時代早、中、晚三期文化，陶器紋飾以繩紋為主，疑似蛇形紋飾的規範化、藝術化。〔註12〕

〔註10〕程應林、李科友：《龍的家鄉龍的人——兼探百越族的圖騰》，《江西歷史文物》，1986 年 1 期。

〔註11〕林蔚文：《越人對蛇的崇拜源流考略》，載於《民間文學論壇》，1986 年第 3 期。

〔註12〕黃達武：《壯族古代蛇圖騰崇拜初探》，載於《廣西民族研究》，1991 年第 1 期。

廣西恭城出土的具有地方特色的蛇鬥蛙紋樽，圖形分上下兩級，前者青蛙的前爪被蛇咬住，後者雙蛇蛇形雄大，挾蛙其中，威勢嚇人，而體形比蛇大的青蛙警惕地匍匐著，做伺機反擊狀。這紋樽造型栩栩如生，蛇、蛙形象突出，給人留下深刻的印象。蛇鬥蛙紋樽反映了古代壯族社會原始部落中蛇部和蛙部兩大部落相鬥的事實，蛙部曾是壯族先民很強大的部落，但在蛇鬥蛙紋尊中處於下風，說明當時蛇部更加強大。

壯族先民的蛇圖騰崇拜還表現在文身習俗上。

百越民族的蛇圖騰崇拜與蛟龍圖騰崇拜是分不開的。《史記》中提到：「蛇化為龍，不變其文」；《述異記》也有「虺五百年化為蛟，蛟千年化為龍」的說法，虺是古時人們對毒蛇的一種稱呼。龍蛇混代的現象在古籍中也屢見不鮮，如軒轅氏，《山海經》裏說他是「人面蛇身」，而《說乳》中講他是「龍身而人頭。」

蛟龍，在壯語裏稱為「圖額」。「圖」是稱禽畜時的冠詞，無意義。「額」在壯人心目中，是潛藏在水裏特別是河灣與深潭的怪物。兇惡而殘暴，詭異而多變，能呼風喚雨，能毀壞村寨，人們說起它，都有一種恐懼感與神秘感。處於水上生活的古越人，為了避免蛟龍、麟蟲的傷害，把自己的身體裝扮成蛟龍的樣子，便能平安無恙，這種習俗即文身。梁庭望先生的《壯族風俗志》一書曾指出，在建國前後，「一些壯族地區仍然有文身的習慣，但僅僅作為一種美觀的表示，就像衣服上的花朵和銀飾一樣。文身的部位，以面額最為重要，因為這是先入人眼的部位。其次是前胸，再次為兩臂及背部，最後是雙膝以上至小腹。文身的內容和壯人不同部落的習俗有關，也就是和不同氏族的標誌——圖騰有關，再後來則與人們的某種觀念有關，例如不同的審美觀念等。」可見，文身的古越人應是崇信蛟龍圖騰的氏族部落。

越人文身在古籍中多有記載。《說宛·奉使篇》有載；「彼越……是以剪髮文身，爛然成章，以像龍子者，將避水神也。」

《漢書·地理志下》也載：「粵地，牽牛、婺女之分野也。今之蒼梧、鬱林、合浦、交阯、九真、南海、日南，皆粵分也。……其君禹後，帝少康之庶子云，封於會稽，文身斷髮，以避蛟龍之害。」應劭注云：「常在水中，故斷其發，文其身，以像龍子，故不見傷害也。」

《淮南子·原道訓篇》記載：「九嶷之南，陸事寡而水事眾，於是民人被

髮文身，以像鱗蟲。」〔註13〕九嶷山之南，正是古蒼梧、南海等郡之地，是古越人活動的地方。這些鱗蟲基本上指的是蛇蟲之類。羅香林在《古代越族文化考》中提到：「古代越族之文身，殆為一種以龍蛇一類水族為圖騰之遺俗。」他們「斷髮」是為了更方便地從事捕撈漁獵等活動，文身是為「避蛟龍之害」。後來屈大均在《廣東新語‧鱗語》中，作了說明。因為「南海龍之都會，古時入水採貝者皆繡身面為龍子，使龍以為己類，不吞噬。」這是對越人文身「以像龍子」的精闢見解。因為對崇拜「龍蛇一類」的越人來說，認為自己打扮「像龍子」，「龍蛇一類」的祖先見了，以為是自己的「子孫」同類，就不會傷害了，甚至會保護他們的安全。所以，越人文身「以像龍子」的圖案，正是越人蛇圖騰崇拜在文身習俗上的真實寫照。

翻開史料，與蛇圖騰有關的文身之俗遺風不斷。《禮記》云：「南方曰蠻，雕題交趾。」題即「額」。《史記‧趙世家》：「夫剪髮文身，錯臂左衽，甌越之民也。」《輿地志》云：「交趾，周時為駱月，秦時曰西甌，文身斷髮避龍。」另，《戰國策‧趙策》，唐柳宗元的柳州風土詩，宋《太平寰宇記》的邕州風俗，清趙翼的鎮安風土詩等也有類似的記載。

崇蛇的壯人不但按照蛇的模樣文身，而且出於崇拜心理還編造關於蛇圖騰的神話傳說，這種崇蛇圖騰觀念的遺存，我們在當今仍在壯族社區廣為流傳的《蛇郎》、《白花蛇》、《蛇王傳》、《穀種來源的傳說》、《蛇郎和美女》等民間故事中依稀找到蹤跡。

《山海經‧海內經》：「南方……有神焉，人首蛇身。」同書《大荒南經》：「南海渚中有神，人面，珥兩青蛇，踐兩赤蛇。」又《海內南經》：「窫窳，龍首，居弱水中；在知人名之西，其狀如龍首，食人。」郭璞注：「本蛇身人面，為貳負臣所殺，復化而化此物也。」《淮南子‧本經訓》：堯時，修蛇等為民害，堯乃使羿「斷修蛇於洞庭」。高誘注：「修蛇，大蛇也，……洞庭，南方澤名。」

古越族信仰蛇圖騰，從古越族的後裔或與之有密切關係的東南地區諸族人的民俗、傳說中，也有大量的反映。

分布於福建、廣東和廣西的水上疍民，史家多視其為越族的遺裔。疍民是越語「dah〔ta¹〕」的音譯，「河」的意思，疍民即河民。疍民為「蛇種」，史籍中每有記載。《赤雅》：「蜒人神宮畫蛇以祭。」《天下郡國利病書‧廣東》

〔註13〕劉安等：《淮南子》，上海：古籍出版社，1989年8月。

引《廟州志》：「南蠻為蛇種，觀其疍民神宮蛇像可知。」李調元《粵風》疍歌題後注解：「（疍）或曰蛇種，故祀蛇於神宮也。」《峒溪纖志》：「（疍）其人皆蛇種，故祭祀皆祀蛇神。」

越人後裔的海南黎族，直至近代還保留著文身習俗，其紋樣就有蛇紋。如其中「美孚」黎的婦女，在臉上及四肢，均刺上蚺蛇狀的紋樣，因而稱為「蚺蛇美孚」。先民多來自大陸古越族的臺灣高山族，也保留著蛇圖騰的遺俗。近代高山族的「每一蕃社，必有他們祖先起源的歷史傳說，鳥蛇化身而為其社祖者甚多。」〔註14〕

另外，浙江、福建、廣東、廣西等省區，還流行蛇郎的傳說故事。

圖騰文化是原始社會末期的產物，它是原始神話產生的溫床。龍蛇曾經是壯民族所虔誠崇拜的圖騰物，這是不爭的事實，但隨著社會的發展，生存力的提高和人類認識自然、改造自然能力的加強，圖騰意識和圖騰觀念都在發生變化，有的消失，有的出現變異，有的只殘留於現存的一些文化現象中，變成遠古圖騰時代的回聲。大明山麓流傳的多則關於掘尾蛇的傳說是圖騰時代的遺風，表明了蛇圖騰在人們頭腦意識裏的逐漸淡化。其突出的表現在於故事中的蛇形象不再具有部落或氏族始祖神及保護神的功能，不再是「我的親屬」，不像《三皇本紀》所記載的炎帝神話裏「少典之妃，感神龍而生炎帝」，或西南少數民族如瑤族、佘族和部分苗族以犬為圖騰的神話中，充滿了對圖騰物的景仰和崇敬之心，認定這些動物就是本部族的始祖。大明山麓的掘尾蛇傳說中，斷尾蛇化成的龍已經沒有了那種神聖感，它只是想像中自然界裏具有某些超凡的神奇功力的生物，可以呼風喚雨、主宰氣候變化，能夠疏濬河流、為民造福，其能力已經侷限在河流、雨水、風雷上面。

二、掘尾蛇傳說與生殖崇拜

生殖崇拜，是原始社會普遍流行的一種風習。它是原始先民追求幸福、希望事業興旺發達的一種表示，也是對生物界繁殖能力的一種讚美和嚮往。

（一）岩洞葬與生殖崇拜

在壯族地區，廣泛流傳著一大批以蛇變人、蛇人婚媾、蛇生人為主題的故事傳說。它們均從一個側面體現了壯族群眾對蛇的生殖崇拜。

類似這樣的故事傳說一直在壯族地區廣為流傳，具體情節雖因地區不同

〔註14〕岑家梧：《圖騰藝術史》，上海：商務印書館，1937年，第52～53頁。

而各有差異，但其中「蛇為老人送葬、掃墓」卻是共同的。

對於這一故事傳說，我們不能僅滿足於蛇為老人送葬、回來給老人掃墓是為了報恩的解釋，其中應有更為深刻的文化意蘊。

我們已指出在壯族先民的原始思維中，死亡並不意味著生命的完全消失，因為靈魂不但是不會消失的，而且還是可以轉生乃止復生的。同時，我們也已指出了岩洞及岩洞葬在壯族傳統文化中所代表的生殖崇拜文化內涵，即岩洞是女性生殖器的象徵，人死後進行岩洞葬可以幫助亡魂再生。因此，特掘在老人死後將之送到岩洞中安葬，並不只是現代人心目中的報恩與紀念，而是一個具有幫助老人轉生的生殖意願，即以其獨特的生殖力來報答老人的養育之恩。時至今日，在廣西邕寧縣壯族地區還遺留著這樣一條禁忌：墳墓裏的蛇不能捕殺，人們認為墳墓中的蛇是祖宗的化身。這恰好從問題的另一面證實了我們的上述看法。實際上，在這一故事傳說中，人們對蛇的稱謂：特掘——短尾人，就已經透露出了蛇與人之間存在著一定的生殖關聯。

此外，特掘每年歸來的時間「三月三」也頗為值得的注意。因為在壯族的傳統文化中「三月三」亦是一個充滿生殖文化意蘊的日子。也就是說，對特掘回歸的時間「三月三」不應當僅僅從歌圩著眼，而應該著眼於它所蘊含著的原始文化內涵。於是，我們據此可以得出以下的生殖循環：蛇－老人－「三月三」。

流傳於廣西上林縣壯族地區的故事傳說中，蛇的來源和把老人移葬老人於岩洞中的情節有了更為詳細的交代，從而使「蛇－老人－岩洞」的生殖循環的意味更為明顯。

田陽敢壯山的山頂有個靈泉洞，直筒形，洞口直徑不到 1 米，深不到 2米，水位離洞口數十公分，無論晴旱，從不外溢，也不乾涸，也不發渾，人們引以為奇，把它當女陰供奉。在敢壯山半山有一個泉水池，約 2～3 米深，長寬 2 米左右，池中清水常年不乾，名「鴛鴦池」。但山下壯人稱之為「淰志」（Raemxcij［ram⁴ɕi³］），淰是水，志是奶，意思是奶水池。傳說是布洛陀和姆囊即姆六甲夫妻生了許多孩子，池中的奶水是用來餵養孩子的。從鴛鴦池拾級而上，不遠就是將軍洞，傳說是布洛陀與姆六甲守護神站崗放哨的地方。自此往上，經過近 30 米長的磚道，便到姆娘岩。這是一個下落洞，從洞口下去有 11 級臺階。內有兩個支洞，在支洞的分杈處，有一石刻蓮座，原神像已

不存。上世紀 90 年代群眾在其上安觀音塑像，意在求子──壯族惟獨敬觀音，不知佛祖。而敬觀音也只取其「觀音送子」一種功能，不知其餘，故常與主管生育的姆六甲混為一人。此處其實是敬姆六甲，求其送子。以觀音塑像代之，骨子裏仍然是敬姆六甲，一般壯族百姓也不大知道觀音。洞中供奉觀音塑像，道出了生殖崇拜的原意。也就是神像可變，求人丁繁衍的生殖崇拜主旨不變。

從姆娘岩的例子可知，壯族地區的許多山洞，常常用姆六甲或她的化身花婆送子來表現生殖崇拜。也有的吸收佛教成分「觀音送子」，與姆六甲或花婆組成麼佛組合來表現生殖崇拜。龍州縣的紫霞洞和廣西馬山縣的六燈岩生殖崇拜意味都非常濃鬱。〔註15〕

（二）蛇與生殖崇拜

長期統轄桂西地區的岑家亦有其祖源於蛇的傳說：相傳美女蛇看到天下兵荒馬亂，民不聊生，決心為天下生個小子，培養成大器，力主乾坤，便與野貓交配，次年小子降生。這小子就是赫赫有名的岑三爺。〔註16〕

由上可知，壯族先民曾產生過奉蛇為祖的思想意識。換言之，即蛇由於其強盛的生殖力，使得人們信仰與崇拜，甚至視其為部落之先祖。

「蛇在許多原始民族又是咒術、巫術和一切魔力的象徵。原始人崇拜蛇多半與圖騰社會中以蛇象徵男性生殖器的生殖器崇拜有關。」〔註17〕說以蛇來象徵男性生殖器是頗有見地的，但我們認為原始人崇拜蛇卻不僅侷限於此，至少在壯族傳統文化中不是這樣。

綜上所述，一方面，對蛇的崇拜廣泛存在於壯族先民的生活之中，另一方面，這種崇拜又是對蛇的生殖力的崇拜為基礎的。也就是說，壯族先民對於蛇的崇拜，包含著對生殖器崇拜的內容，但更多的是與氏族繁衍有關的生殖崇拜。

（三）龍母廟與生殖崇拜

壯族的生殖崇拜在廟宇和宗教儀式中屢有表現，以廣西武鳴縣的羅波廟最為典型。該廟本為龍母廟，早先婭蒲（即龍母）神像居於正殿中央，明代

〔註15〕廖明君：《壯族自然崇拜文化》，南寧：廣西人民出版社，2002 年 9 月第一版。
〔註16〕田陽縣三套集成辦公室編印：《田陽縣故事集》，第 23 頁。
〔註17〕黃達武：《壯族古代蛇圖騰崇拜初探》，載於《廣西民族研究》，1991 年 1 期。

思恩府土官岑瑛聲名顯赫，自喻為掘尾龍特掘的化身，死後塑像立於正殿中央，卻把龍母婭蒲移到廟門左側，在她的對面即廟門右側立了觀音的塑像。用婭蒲和觀音組合來表現生殖崇拜，是為表達生殖崇拜的意念的，所以婭蒲的懷裏是一條短尾蛇的蛇頭，其短尾從左腋下繞過後腰直到身前右肋邊。一個活潑可愛的兒童騎在蛇身上，婭蒲的左手正慈愛地撫摩著他。婭蒲的右手彎肘到右胸前，手裏拿著一朵花，表明她是花婆的化身。而花婆是專門管生育的，與觀音的組合，實際是取「觀音送子」之義，用以強調生殖崇拜。

由羅波廟的龍母神像我們可以看出，壯族龍母已經兼具生育神花婆的神職，有著深厚的壯族生殖崇拜內涵。

三、水神崇拜

愛德華・盧西・史密斯在《中國美術敘史》中指出：「先民在生存鬥爭中，內心常有地力滋潤、豐年富足的欲望；此種欲望發而為神術信仰，便是象徵作用的來源。前述（仰韶文化）陶罐上的波浪狀線條，類似『水』字的象徵古文，無疑正是象徵生命的活源。古代雨水是民生大事，社會命脈；圖紋象徵正是先民欲借內外交感求降甘霖的乞靈法術。水像外圈的眼狀菱形是另一個象徵圖式；此式可像貝，又可像女陰，實代表了財富的累積與種族的繁衍。」〔註18〕雖然史密斯此處的研究對象是仰韶文化陶罐上的紋飾，但其中有關於水與生命繁衍關係的論述仍然能夠給予我們很大的啟迪。自從人類誕生以來，水作為人類生命不可或缺的重要因素，一直在人類生活中佔據著十分重要的位置，並進而形成了綿綿不絕的文化現象。水文化因而也就成為了人類諸多文化中最為重要的文化現象之一。

嶺南一隅，屬東亞季風氣候區南部，有熱帶、亞熱帶季風海洋性氣候特點，民間自古便尊崇水神。本土祭祀各種水神各顯神通，既有外來的海神天妃、水神龍王、真武北帝，也有土生土長的南海神洪聖王和江神龍母等。各路神靈，各司其職，深得百越民眾推崇，千百年來的發展過程，形成各自的信仰圈，諸如天妃信仰圈，龍母信仰圈等，不一而足。這些神靈在嶺南地區和平共處，護祐百姓安居樂業。

嶺南地區河網密織，為水神崇拜提供了最合適的土壤。天妃、龍王、真

〔註18〕轉載於《中華歷史文物》編輯委員會：*China: a history in art*（《中華歷史文物》），臺北：地球出版社，1977 年，第 39～40 頁。

武、龍母四大水神形成各自的信仰中心。龍母信仰集中在德慶和大明山麓，真武以佛山為大本營，南海神以廣州為發源地，而天妃信仰比較廣泛，凡福建商人和移民所到之處都有遺存。南部沿海地區為福佬民系文化，尊崇海神，這一文化體系中都有天妃信仰的痕跡。同是海神的「南海神，只在福佬民系沒有涉足的珠三角與粵西的其他地區間有分布」〔註19〕真武水神主要是明清以來統治者和道教信徒的倡議，多分布在沿海地區。西江流域的龍母崇拜具有強烈的地域性，沿海地區鮮見祭祀，信眾也寥寥。與其他水神相比，龍母神才是嶺南地區歷史最為悠久的神靈，歷經千百年的傳承與發展留存至今實屬不易，雖然今天來看，發展規模和地域影響上不及其他水神，但依然是嶺南百越民族的歷史遺存，是嶺南本土民間信仰中不可或缺的代表神靈。

壯民族祖居南方多雨地區，在以稻作生產為主要的生產力水平制約下，在本民族獨特的感受與體驗，並在特定的生產力水平制約下，在本民族獨特的思維基礎上對水產生了或祈求或畏懼的心理，進而形成了獨具特色的水崇拜文化。至於龍母傳說由圖騰始祖崇拜演變為水神崇拜，始於何時，已無可考，我們只有從民間傳說的不同版本中找到蛛絲馬蹟。

從文獻記載考證，最遲在唐代就有把龍母作為水神來崇拜的風氣。有唐代李紳之詩為證：

寄題悅城媼龍祠

悅城廢縣委荊榛，猶剩荒祠祀媼神。

碧瀨沙明龍蛻骨，青山花落鳥啼春。

江湖有恨爭朋黨，潮汐何靈送謫臣。

欲乞茲雲飛一片，為霖長得濟斯人。

這首詩於清代光緒年間被刻在石上，至今立於悅城龍母祖廟正殿西門側。刻石還注明：十月水淺，紳禱即漲。〔註20〕可見，在唐代人們就已經把龍母當作水神來崇拜了。

爾後，在悅城龍母祖廟的廟志史上，龍母的水神品格，一直是人們推崇的焦點。清代《孝通廟舊志》說：「能呼吸風雲，變化萬千。凡水旱疾疫，隨叩隨應」。《悅城龍母廟志》記有一則清光緒八年禮部牒文稱：「查原題內稱廣

〔註19〕王元林、陳玉霜：《論嶺南龍母信仰的地域擴展》，載於《中國歷史地理論叢》，2009 年 10 月。

〔註20〕蔣明智：《龍母信仰的歷史發展》，載於《廣西民族研究》，2003 年第 4 期。

東高要縣景福圍內向有龍母神廟，祈禱必應，光緒六年五月間，西水漲溢異常，該圍堤首尾五十餘里，塌者溢者凡數十處，紳民搶護，風狂雨驟，人力難施，赴廟號禱，風雨頓息，水亦漸平」。這些都是將龍母作為水神信仰的文化遺留。

第三節　從掘尾蛇傳說到掘尾龍傳說的嬗變

一、蛇的形象

蛇是爬行類動物，它是地球上最古老的居民之一，其生存歷史恐怕比人類還要長得多。人類的整個進化、發展過程，一直與蛇相鄰相伴，二者結下不解之緣。從乾旱的沙漠到潮濕的水濱，從廣袤的草原到茂密的叢林，蛇無處不在。它具有頑強的生命力，廣泛的適應性，致人死命的毒性，令人在恐懼、厭惡的同時，又產生出一種敬畏之心，尊之為神物。在世界各民族的先民文化中，蛇都佔有一席重要的地位。蛇的形象也成為古代各民族文化中最常見的充滿神異色彩的圖案。

蛇在中國古代文化中的地位尤其顯赫，中國人向來有「龍的傳人」之稱，而「龍文化」實則源於「蛇文化」。聞一多在《伏羲考》一文中認為，「龍」最初是一種大蛇的名字，後來成為因部落的兼併而混合的圖騰，吸收了獸類的四腳，馬的頭，鬣的尾，鹿的腳，狗的爪，魚的鱗和鬚……〔註21〕現代學者王維堤曾提出：從迄今為止地下出土的文物來看，無論玉龍、陶器龍紋或用蚌殼、卵石擺塑的龍，形象都是蛇身的；從「龍」字的甲骨文、金文字體來看，基本結構都是蛇的形象；古代典籍保留了大量關於龍就是神化的蛇的記載。如王充《論衡》：「龍或時似蛇，蛇或時似龍。」鄭玄注《尚書·大傳》云：「龍，蟲（蛇）之生於淵，行於無形，遊於天者也，屬天。蛇，龍之類也，或曰龍無角者曰蛇。」〔註22〕對龍與蛇的親緣關係，做了令人信服的論證。

我國龍的形象在從圖騰崇拜、靈物崇拜向神權崇拜轉變之初，就已經被封建統治者利用為皇權的象徵了，秦始皇被稱為「龍祖」，漢高祖劉邦被說成由其母與蛟龍交感而生、「隆準而龍顏」的超人。秦漢以後，中國龍就成為靈

〔註21〕聞一多：《伏羲考》，第二章「從人首蛇身象談到龍與圖騰」，載於《神話與詩》，上海：華東師範大學出版社，1997 年。

〔註22〕王維堤：《龍鳳文化》，上海古籍出版社，2000 年，第 1～5 頁。

物、神權及皇權三位一體，受到萬民頂禮膜拜至高無上的圖騰。嶺南氣候潮濕溫熱，多蛇蟲，壯族先民在長期與蛇蟲打交道的過程中，產生了對蛇的崇拜。自秦漢以來隨著中原人、楚人不斷遷入嶺南，共同雜居的百越民族逐漸受到華夏族──漢人的同化而趨於融合，文化觀念也隨著有所改變，蛇圖騰在不知不覺中受到聲譽日隆的漢族龍崇拜的影響而與它合併在一起。可見，壯族對龍的崇拜，是後來在漢文化的影響下，在蛇崇拜的基礎上形成的。

通過對多則龍母傳說異文的分析，我們可以知道，壯漢地區龍母所豢養的龍（蛇）的形態各有差異：在龍母傳說原生態保存較好的壯族地區，龍母豢養的只有一條掘尾蛇，雖然蛇的名字有「小花蛇」、「泥鰍蛇」、「小白花蛇」、「五色蛇」、「小蟲」等不同的說法，但情節中依然是原生態的蛇之形象，而漢族地區龍母豢養的則是「五條小龍」。壯族地區至今沒有龍的提法，說明「掘尾龍」是龍母傳說流傳到西江中下游地區，受漢文化影響發生變異之後才出現的。

二、龍母形象

回顧龍母傳說的歷史傳統我們發現，自《南越志》以來，龍母傳說一般都是由介紹豢蛇（龍）者身份展開。有關悅城龍母的記載大多提及其姓氏、職業。姓氏有蒲姓、溫姓之爭，職業也有捕魚和績布的差別。傳說的發生地主要集中在溫水邊或程溪水邊，這一點相對一致。而在廣西大明山麓壯族地區民間口傳的龍母傳說則呈現了更為豐富的變異。較為一致的是，這一地區故事的主人公都是貧苦的寡婦。

至於「龍母」的原型到底是何時人、是什麼身份，為何成為龍母等問題，要很具體、確切地回答似乎沒有必要。筆者在前面的種種敘述中，認為對龍母崇拜的這種文化現象本身建構的原因和機制，已經基本介紹清楚了，再沒有必要去斤斤計較它的細枝末節了。誠如瑞士心理學家，發生認識論創始人讓·皮亞傑（Jean Piaget，1896～1980）所言：「從研究起源引出來的重要教訓是：從來就沒有什麼絕對的開端。」

龍母是西江流域一位特殊的女性保護神，她不以怪異神秘的法術著稱，也不是身份尊貴高踞的救世主，她只是人間現實神格化的普通婦女。那麼，她作為「神」的內核是什麼？我們從《南越志》、《嶺表錄異》等古書中關於她的事蹟記述中，不難發現這是一個充滿母愛母題的神話傳說。千百年來，

龍母給人的印象是個博愛、慈祥的普通女性，人們稱津樂道的是她憐憫弱小、愛護生物的母性表現。龍子去而復回，龍母死後又將她安葬，以及民間傳說的每年「三月三」時節乘風雨雷電回來掃墓等，都是世間為人子者常有的孝行。龍母不過是個普通的勞動婦女，那些所謂朝廷曾經派遣使者召見之類的情節，不過是後人為提高龍母的威望而故意附會，並不可信。

龍母是西江流域的民間神、也是壯漢族人民的民族神，龍母的形象和行為，留有祖妣崇拜和圖騰崇拜等百越民族原始宗教的色彩。龍母崇拜是歷史傳承下來的一種地域文化現象。

第四節　龍母傳說傳承形式的嬗變及其遷播原因

一、傳承形式的嬗變

口頭敘事文學的流傳經常伴隨著變異。變異不僅有簡單的形式變化，還涉及新的故事文本的產生、適應接受者文化傳統、以及故事的創作方式等問題。〔註 23〕作為一種流動的文學，民間流傳的口頭傳說也不斷地伴隨著社會歷史的發展而發展，像原始社會由母系制度向父系制度的轉變，當時的婚姻家庭形式的變化，以及原始宗教由自然崇拜、圖騰崇拜到祖先崇拜等，在龍母傳說中都留有明顯的痕跡，傳說本身也是在這過程中有所發展。

在歷史傳承過程中，有些傳說因其反映人民生活某些基本方面，或因其構成模式新穎，受到各個時代人民的喜愛，不斷被加工、修改和補充，發生種種變化。綜觀龍母傳說的傳承，主要有以下幾種變化形式：

1. 主要人物龍母和斷尾蛇的性格基本定型，在長期流傳過程中，故事數量不斷增加，流傳地域不斷擴大。

2. 故事的中心母題不變，在傳承中各種成分不斷變化。

3. 在傳承中不斷吸收其他故事的情節和母題。

4. 故事流傳後，在原來的基礎上又增續新的內容，使故事情節進一步發展。

〔註23〕許鈺：《口稱故事論》，北京：北京師範大學出版社，1999 年 6 月第一版，2006 年 12 月第二次印刷，第 81 頁。

二、龍母傳說嬗變的原因

民間傳說的「傳」字，兼有傳奇和流傳之意。沒有傳奇色彩，固然無所謂傳說；但若無流傳性，則更談不上所謂傳說的存在。可以這樣說，民間傳說是在流傳中形成，在流傳中演變，並在流傳演變的過程中延續和發展著自己。流變性乃是民間傳說諸特徵中最重要的一個，我們顯然要給予特殊的重視。

龍母傳說在明清之後已形成通過三種基本方式進行傳播的格局，即口頭、官方和文人三個層次。文人傳播層次通過留存的文獻，如詩文、史籍、地方志、筆記小說等，而今依然能看出其中的梗概；官方主要通過朝廷對龍母的封敕，擴大其影響；惟有口耳相傳的傳播在歷史長河中最讓研究者無奈，它多半是以過去進行時的方式存在過並一閃即逝，也沒有必然的文獻留存。但是，這種口傳方式無疑是以上三種傳播方式中影響最為深廣、力量最為強悍，而且使傳說內容生新與增繁的動力多是出於口頭傳播中的創造性發揮。因為文人傳播多是固守「史實」，官方傳播必須要求在一定時段內保持傳說內容的相對穩定性，只有口頭傳播最少顧忌、最富活力。明清以來，龍母族源、姓氏、故鄉之爭，以及有些地方形成內容大相徑庭的新傳說都是口頭方式最直接的產物。下面將論述壯族龍母傳說向西江流域遷播的原因。

1. 自然生態條件：西江流域越往下游農業發展的自然生態越好，越適合人類居住。隨著社會發展，西江上、中游的人口數量越來越多，而上游的地形不利於農耕作業，限制了人口發展。為了尋求更好的生存空間，人們逐漸往西江下游遷徙。

2. 漢族進入。秦始皇以來，漢族逐漸進入嶺南地區，但漢族主要居住在西江中下游，他們有較先進的生產力，吸引了上游的居民。唐代壯人已經學習了中原漢人的先進文化。

3. 明代有大的運動。廣東有戰事，把俍人調到廣東，兵、家屬一起。壯人的傳統是全民皆兵。對壯人來說，「三月三」這個節日是一定要過的。俍人在漢族地區逐漸漢化，將這個節日也加以改造。

4. 清代廣東商人沿右江向雲南發展。廣東該傳說已經成型，把漢族文化基因帶回到壯區，帶著漢人的節日風俗，壯漢節日交融。據《桂海虞衡志》記載，清代已有「卷伴」的現象。

第五節　由龍母傳說看壯漢民族文化的融合

　　秦始皇征戰嶺南之後，在嶺南地區設置桂林、象郡、南海三郡，推行封建的統治制度，從此，嶺南地區開始處於中央王朝的直接統轄之下。為了加強對嶺南地區的統治，秦王朝不僅將原來南征的數十萬軍隊留守嶺南，而且還不斷增調兵員前來戍邊，以防範當地越人的顛覆活動。同時，秦王朝還派人修擴舊道，開闢新路，使嶺南與內地的水路和陸路交通通暢無阻。秦始皇還特批戍守嶺南的將士的請求，從中原地區徵調了 1 萬 5 千名未婚的青年婦女，前來嶺南「以為士卒衣補」，〔註24〕使遠在嶺南的中原將士安心戍邊。秦王朝還不斷把中原人民遷移到嶺南地區與越人雜居。漢人與百越民族雜居，民族間通婚的事情也就屢見不鮮了。秦王朝所採取的上述措施，有效地鞏固了其在嶺南建立的地方政權，同時也有利於漢文化在嶺南的傳播，促進了嶺南地區經濟文化的發展。特別是南遷與越人雜居的中原人民，他們帶來了中原地區先進的文化和生產技術，為推動嶺南地區的開發和經濟的發展，增進漢、越民族間的相互瞭解，促進民族間的團結與融合，起到了積極的作用。更多的中原人開始進入嶺南地區，壯族先民與漢民族便開始了更為頻繁的接觸，促進了民族間經濟文化上的交流與融合。〔註25〕

　　陳寅恪曾指出：「精神文化方面尤為融合複雜民族之要道。」〔註26〕所以，越漢民族之間的文化交流與融合在兩族融合的進程中起到了至關重要的作用。一方面，先進的漢文化加速了百越社會的進步與發展，另一方面，越人的文化習俗與信仰也為漢文化注入了新鮮的血液。龍母傳說正是在這樣的民族大融合的社會背景之下傳入中原，而被沈懷遠記錄下來，使這一區域性的民族習俗逐漸成為全國性的民間傳說，並在流傳過程中不斷地融入中原的儒、釋、道等思想，遂演變為一南一北兩條「掘尾龍」的傳說。

　　龍母傳說本是百越民族的一個部族關於「蛇圖騰崇拜」的傳說，此故事誕生于氏族部落時代。秦始皇征戰嶺南之後，逐漸傳入中原，從而開始了它漫長的演變過程。在千百年的時空轉換中，其故事情節亦被不斷地充實，主

〔註24〕　〔漢〕司馬遷撰、〔南朝宋〕裴駰集解、〔唐〕司馬貞索引：《史記》卷118《淮南衡山列傳》，上海：中華書局，民國年間出版。

〔註25〕　張聲震主編：《壯族通史》，第 262 頁，北京：民族出版社，1997 年 6 月第一版。

〔註26〕　陳寅恪：《唐代政治史述論稿》，第 15 頁，上海古籍出版社，1982 年。

人公龍母的形象愈來愈豐滿起來。但無論怎樣變遷,「掘尾龍祭母」這一最基本的母題情節,卻被頑強地保留下來,使整個故事體系呈現出清晰的傳承脈絡。

鍾敬文先生在解釋神話故事形態變異的原因時,曾提出以下三點:「一、產生和傳承這個神話的少數民族,後來他們的文化發展到相當的高度(不論是全體或是一部分),所以一面承繼著遠祖的傳說,一面又有意識無意識地進行了修改。二、當這個神話由少數民族傳到漢族的時候,漢族人民不知不覺地把自己比較高級的社會文化色彩摻和進去,因而改變了它的原形。三、出於記錄者有意無意的改動。」〔註27〕顯然,龍母傳說的演變主要屬於第二個原因,它產生於遠古社會的百越民族,隨著百越民族與漢民族的交流,融入了漢族文化,吸納了漢民族的許多文化因子。

民族文化的融合,故事形態的變遷,往往使研究者更注重故事形態最成熟的那個時代的社會文化,而忽略了其誕生的文化本源。我們知道龍母傳說的母題源於以蛇為圖騰的氏族圖騰神話,並隱含了部落兼併的氏族社會生活內容。故事中的這些文化意蘊反映了人類在漫長的初民社會所形成的心理積澱:人與動物間的密切關係。無論是萬物有靈時代的動物崇拜,還是文明社會的人獸分開,都是對這種心理積澱的不同形式的圖解,這也是龍母故事得以流傳的重要原因。愛德華·泰勒曾指出:「萬物有靈觀構成了處在人類最低階段的部族特點,它從此不斷地上升。在傳播的過程中發生深刻的變化,但自始至終保持著一種完整的連續性,進入高度的現代文化之中。」〔註28〕因此我們探索故事形態在不同的民族區域、不同的歷史時代的變遷,其實是在解讀這種文化現象的承傳性。

〔註27〕鍾敬文:《鍾敬文民間文學論集》(下),上海文藝出版社,1985 年,第 113 頁。

〔註28〕〔英〕愛德華·泰勒著,連樹生譯:《原始文化》,上海文藝出版社,1992 年,第 414 頁。

第五章　龍母傳說蘊藏的壯民族文化因素

第一節　語言文字學提供的信息

語法是語言的基礎，是語言特點的本質，它比語音和一般詞彙變化緩慢得多。壯語屬於漢藏語系壯侗語族壯傣語支，它是由古越語演變而成的。公元前 528 年，榜枻越人在楚王弟鄂君晳舟遊盛會上敬獻的《越人歌》，用現代壯語還能大致讀通。〔註 1〕現代壯語中主謂、動賓、狀謂的詞序與漢語基本相同，所不同的是定語結構。壯語的定語在中心詞之後，漢語的「白雲」壯語便為 [fɯ³haau¹]（雲白），這是壯語語法的一大特點〔註2〕。

一、蛇的稱謂

作為駱越民族龍母傳說的北傳故事，陶淵明《搜神後記》中的《蛟子》篇曾提到「當洪」、「破阻」、「撲岸」三條蛇，這三個名字單純從漢語的角度理解完全不知所謂。梁庭望先生將其轉換到壯語的語境下，發現他們原來是由壯語的音譯過來的名字：「當洪」中的「當」字壯語為「dangh [taaŋ⁶]」，是「蛇」的意思；「洪」字壯語音為「hung [huŋ¹]」，是「大」的意思。「當

〔註 1〕陳國強、蔣炳釗、吳綿吉編：《百越民族史論集》，中國社會科學出版社，1982 年 2 月第一版。

〔註 2〕壯語中的定語有兩個位置：一個位置處於中心語之前，另一個位置處於中心語之後。處於中心語之前的定語一般由「二」以上的數量詞或量詞充當。參考覃曉航：《壯語特殊語法現象研究》，民族出版社，1995 年 6 月。

洪」（Danghhung）意即「大蛇」。「撲岸」中「撲」字壯語音為「boux［pou⁴］」意為「人的量詞」，可譯為「個」，「岸」字壯語讀作「aen［an⁵］」，是「小」的意思。「撲岸」（bouxaen）即為「小個」、「小兒子」，這裡當指「小蛇」。而中間這條「破阻」蛇，以前有學者認為這是「年輕的父親」之意，其中「破」即「boq」，「父親」的意思，而「阻」即「coz」，是「年輕」的意思，但經梁庭望先生再三考證，認為「破阻」（boqcoh）解釋為「吹風蛇」更為妥當，其中的「破」當對應壯語的「boq［po⁵］」，是「吹」的意思，而「阻」壯語音為「coh［ɕo⁶］」，意即「向著」。如此，三條蛇的名字分別是「大蛇」、「吹風蛇」和「小蛇」。《搜神後記》中的這則記載非常重要，它說明龍母傳說至少到晉代北傳時，還保留著壯語的稱謂。龍母傳說在雛型形態尚保持著百越文化的因子，從而佐證了龍母傳說源自百越民族。〔註3〕

南朝劉宋沈懷遠的《南越志‧端溪溫媼》裏，記載了端溪龍母傳說，文中蛇變成了龍子，「媼殂，葬於江陵，龍子常為大波，……土人謂之掘尾龍。」以往的研究者均無法解析「掘尾龍」何意，還是梁庭望先生先生從壯語的角度將之破解。原來其中的「掘」字即壯語「gud［kut⁸］」，意思是「斷尾或短尾」，既已包含斷尾之意，其中的「尾」字可算多餘，只稱「掘龍」即可。說明故事流傳到西江下游漢族地區時，漢人不懂原本的壯語含義而產生了誤讀。

在環大明山的壯語中，這條特殊的蛇叫做「Daeggud［tak⁸ kut⁸］」，漢語音譯為「特掘」，其中「daeg」是壯語男青年的量詞和冠詞，與數詞連用時是量詞，與男青少年的小名連用時是冠詞；「gud」如上介紹，是「斷尾或短尾之意」。「Daeggud」直譯是「短尾小夥子」，意譯是「短尾蛇郎」，也就是「斷尾蛇變成的小夥子」。演化成龍即為掘尾龍（longzrianggud）。

二、老婦人的稱謂

從田野調查資料來看，大明山麓龍母與西江流域龍母的稱謂是有區別的，但二者也有著密切的聯繫。「龍母」是漢族地區的稱謂，意即「撫養龍子長大的母親」，而壯族地區至今沒有「龍母」的說法，仍是冠以「婭僕」、「邁蒲」、「婭邁」之類的稱呼，身份也是「撫養小蛇長大的寡婦」。

〔註3〕詳見徐亞娟：《龍母傳說中的壯民族文化因子》，載於《中央民族大學學報》（哲學社會科學版），2010 年第 4 期。

　　從古籍文獻來看，西江流域對龍母的稱謂有《南越志》中「溫氏媼者」，唐代劉恂《嶺表錄異》所記載的《悅城龍母》中的「溫媼」，《嶺南叢述·墓域門》和《肇慶府舊志》中的「蒲媼」，清代屈大均的《廣東新語》中提到「夫人姓蒲，誤作溫」，劉後麟《南漢春秋》中「蒲媼」，清人盧崇興有《悅城龍母廟碑記》中「龍母，姓溫」，清人程鳴重刊的《孝通廟舊志》中「龍母娘娘溫氏」等等。事實上，溫媼和蒲媼兩個名字都沒有錯，它們都源於壯族先民的語言古越語。其中「溫」即壯語「vunz [vun²]」，意思是「人」。

　　筆者幾次田野調查的資料顯示，環大明山地區的故事中撫養斷尾蛇的老婦人通常有以下幾種稱謂：一是「mehgud [me¹kut⁸]」，「meh」是母親之意，音譯為「乜掘」，「gud」就是小花蛇、斷尾蛇，也叫「特掘」，「乜掘」合起來是「特掘的母親」，即蛇的母親；二是「婭邁」（yahmaiq [ja⁶maai⁵]），其中「yah」是祖母、老婦、妻子之意；而「maiq」是寡婦，二者綴合音譯為「婭邁」，意思是「老寡婦」；三是「婭蒲」（yahbuz [ja⁶pu²]），其中「buz」是「老祖母、老奶奶」之意，音譯為「婭蒲、婭僕」；第四種，也可以單稱為「buz」，「蒲、僕」；第五種亦稱「lauxbuz [laau⁴pu²]」，「laux」是大的意思，也就是高祖母。

　　「媼」，漢語讀 [ǎo]，《辭海》釋為「老婦人」，《辭源》解釋為「老婦」，《康熙詞典》也解釋為「老婦人」，《說文》釋為「女老稱」，即老婦人。「溫媼」用漢語解釋就是姓溫的老婦人。如果用壯語來解釋，「溫」即「vunz」，是「人」的意思，「媼」就是「額」，即「圖額」（tuzngieg，蛟龍）、〔註4〕「溫媼」（vwnzlaox），壯語意即「一位叫『圖額』的人」。這裡的溫媼已經是人格化了的圖額，實際上是壯族水神圖額的化身。而「蒲媼」中的「蒲」（buz），壯語中意為「祖母」。在大明山神廟和羅波廟裏的龍母都叫「佬僕」，其中「佬」就是「長者」，即老的意思，「僕」就是婆的意思，「佬僕」即「年長的祖母」。邕寧蒲廟裏供奉的龍母就叫「蒲神」，譯成漢語就是「阿婆神」。沿江一直到藤縣、梧州和廣東德慶的漢族地區，龍母就變成姓「蒲」的女神了。

〔註4〕圖額，在《麼經布洛陀》和其他古壯字文獻中有時也寫為「圖厄」、「圖兀」、「溺」、「都餓」等。傳說的中「圖額」，形似巨鱷、蟒蛇一類，顏色黝黑，長有火冠、四爪、鱗甲，居於江河深潭中，能呼風喚雨，造河溝，造泉塘，還會變成人形與人交往，實際上是神話傳說中的「龍」。

三、其他稱謂

從武鳴縣的東江、西江沿岸到右江、邕江沿岸都有「僕」、「蒲」字的文化特徵，有很多與龍母傳說相關的名稱。大明山麓的兩江鎮古時就有龍母村，英俊村的大明山谷內有 5 條小溪流，也分別以各種蛇名來命名。這些小溪流流出山外匯合而成較大的河，就叫「達額」，壯語為「dahngwz」[ta⁶ŋu²]，「dah」即「河」，「ngwz」即「蛇」的意思，「達額」就是「蛇河」。再如，「mohmehgud [mo⁶me⁶kut⁸]」，意思是「特掘母親墳墓」；「dahyah [ta⁶ja⁶]」，意即「祖母河」；「byabuz [pja¹pu²]」，即「祖母山」，也譯作「布山」等等地名。

壯族以「dah」表示女性的詞頭，也表老大的意思。以「達」（dah）表示「河」的總稱。「婭」（yah）是對老祖母的稱呼。從大明山小陸一帶流出的河流，就叫「達婭」（dazyah），漢譯即是「老婦人河」。「羅波潭」（rengzlaoxbuz）古壯話叫「凌佬僕」，漢語即「老婦潭」，也就是「龍母潭」。據採訪，當地 74 歲的老人歐漢友解釋說，「凌佬僕」到清乾隆年間，才由當地著名詩人韋風華改為「羅波龍窟」、「羅波潭」的。另外，從大明山麓流出的小河流，最後彙集成武鳴縣的東江，沿江古時就有「板夏黃」（mbanjyahvuengz）、「板下峒」（mbanjyahdoengh）等村名。壯語「板」即「mbanj [baan³]」就是「村莊」；「夏」、「下」與「婭」諧音，意即「老太婆」；「夏黃」（yahvuengz）即「女王村」、「老女王村」；「下峒」即「老太婆的田峒」。另外，馬山縣大明山腳下不遠處有個地方叫南蛇嶺（ndoidanghnuen），「南」字壯語讀「num [nuum¹]」，「蟒」的意思，故其意應是「蟒蛇嶺」。

這些村名、地名、水名，據壯語加以考究，就可知它們潛藏的壯民族文化信息。

壯漢稱謂對譯表：

壯語稱謂	壯語拼寫	中文解釋
當洪	Danghhung	大蛇
破阻	boqcoh	吹風蛇
撲岸	bouxaen	小蛇
掘	gud	斷尾、短尾
特掘	daeggud	斷尾蛇
掘尾龍	longzrianggud	斷尾龍

溫	vwnz	人
蒲	buz	奶奶、老婦
乜	meh	母親
婭	yah	祖母、老婦、妻子
婭蒲	yahbuz	祖母、老婦
婭僕	yahbuz	祖母、老婦
婭邁	yahmaiq	老寡婦
溫媼	vwnzlaox	老婦人
圖額	tuzngieg	蛟龍
達	dah	河流
達額	dahngieg	蛟子河
達婭	dazyah	老婦人河
羅波潭	rengzlaoxbuz	老婦潭
凌佬僕	rengzlaoxbuz	老婦潭
夏黃	yahvuengz	女王村、老女王村
南蛇嶺	ndoidanghnuen	蟒蛇嶺
板	mbanj	村莊
板下垌	mbanjyahdoengh	老婦田垌村

第二節　民俗中的蛇文化遺存

　　從民間民俗遺存、傳承方面看，環大明山地區的龍母崇拜民俗最為久遠。這些民俗主要有：起源於「特掘掃墓」的壯族「三月三」祭祖民俗，起源於龍母祭祀活動的歌圩民俗，起源於龍蛇崇拜的飲食民俗，起源於龍蛇崇拜的建房「安龍」習俗，起源於禿尾龍「特掘」斷尾的養禽畜剪尾巴習俗等。

一、蛇圖騰紀念日——「三月三」

　　歷史上，壯族先民各大部落都曾有自己的圖騰紀念日，花部落的花朝節和花王節，鳥部落的布洛陀祭祀大典，牛部落的牛魂節，蛙部落的螞蟲另節，蛟龍部落的端午節以及蛇部落的「三月三」。

　　壯族的蛇圖騰崇拜，把「三月三」作為其古老的圖騰祭祀日。廣西壯族各地有所謂「三月三，龍拜山」的說法。左江一帶傳說古時有一個叫桑卡寨，

住著一個壯族老漢，挖山打獵為生，他養了一條白花蛇。後來，白花蛇長大了，脫了一層皮，變成一條大龍，便離開了老漢。老漢病故時，大青龍飛回來弔喪。以後每年三月初三，大青龍都飛回來給老漢掃墓。鄉親們也年年「三月三」陪它去拜山。還有類似的故事，說一位孤寡老媽媽養了一條斷尾五花蛇（壯語叫特掘，意為短尾人）。她去世那天，特掘刮起一陣狂風把老人遺體送到山岩中安葬。以後每年三月初三，特掘都來掃墓，來時必定天昏地暗，狂風大作，大雨傾盆。老人們說「特掘回來了！」三月三歌節據說是為了迎接特掘的。

清康熙四十四年（1705 年）纂修的《上林縣志》中《土風》條載：「三月三日，玄帝誕辰，建齋設醮，或俳優歌舞，樂工鼓吹三日夜，謂之：『三月三勝會』至期送聖□以花炮酬神，觀者竟得炮頭。」民國二十三年（1934 年）纂修的《上林縣志》卷六《社交‧風尚》條仍載：「三月三日，真武誕辰，建齋設醮，或俳優歌舞」，還有跳屍驅鬼等活動。《隆安縣志》之《地理考‧社會》云：「喬建之三月初三北帝誕」，《貴縣志》卷五《風俗》條：「三月三日，有祀武當北帝與天后龍母活動。」欽州、防城、靈山、浦北等的「跳嶺頭」，又稱「安龍節」，實際也來自蛇圖騰的祭祀。與壯族有血緣關係的布依族，也有「騰龍節」和「三月三」的祭山活動。貴州省鎮寧、普定、郎岱、關嶺等縣的布依人每年正月初三至十二是騰龍節，三月初三上山舉行祭祀狂歡，祭祀山中神祇鬼怪，禳災祈福。

壯族地區以「掘尾龍拜山」的三月初三那一天作為掃墓的節日，並且以五色糯米飯作祭品，這說明壯族的掃墓習俗源於龍母文化。我們今天所稱謂的「三月三」歌節，實際祀奉的是蛇神，是來自蛇圖騰的祭祀日。節日期間男女對唱，以歌娛蛇神，表達了生殖崇拜的意蘊。後來，由於人們圖騰意識的淡化，「三月三」這個蛇圖騰的紀念日，就逐漸變成了舉行歌圩的日子，以致使後人淡忘了它原本的來歷。

祭祖掃墓的風俗起源古老，漢族的清明節掃墓是伴隨著對祖先崇拜的出現而產生，又為歷代所繼承和發展的，而壯族的「三月三」掃墓是起源於蛇圖騰的祭祀日而發展成對祖先的崇拜。壯漢民族掃墓節日的來歷雖各有不同，形式上卻都一致，即在家或祠堂祭奠祖先或者上墳祭墓。祭祖掃墓是慎終追遠、敦親睦族及行孝的具體表現，清明節和「三月三」也成為壯漢民族的重要節日，時代相傳。

二、其他民俗遺存

1. 源於龍母祭祀活動的「三月三」節日

壯民族在漫長的歷史長河中，家家在每年農曆三月初三度過歌節，其程序是：

①準備。主要是採集楓葉、紅藍草、黃飯花煮水泡糯米，蒸出紅、黑、紫、黃、白五種顏色的糯米飯，馨香撲鼻。還要準備雞鴨或豬肉等多種食品和酒水。準備香燭、紙幡。

②祭祀祖神。壯人大堂上方為祖宗神龕，備有香爐若干。下面是方桌，方桌與神龕下正堂板壁之間有的還備有神案。三月三當天，要在神案和方桌上擺好雞鴨豬肉、五色飯、酒水，祭拜祖先。簡單說，三月三壯人在家過；漢族在廟過。

③掃墓。一般三月三與清明節接近，三月三當天，一般是祭掃考妣之墓，故壯族中有「三月三，龍拜山」之說。清明節祭掃同宗族曾祖、遠祖之墓。

④舉行歌圩。有日歌圩和夜歌圩之分。壯族地區，武鳴縣馬頭鎮小陸村至羅波鎮羅波潭的廖江兩岸是鬱江流域最古老和最大的歌圩。這一歌圩帶有濃鬱的龍母文化特徵。歌圩舉辦的時間是在「三月三」特掘掃墓之後，趕歌圩的人必須先向龍母廟敬祭熟肉和五色糯米飯，大家分吃了才開展歌圩活動，而且歌圩的開臺歌必須先唱龍母的故事。這一習俗與田陽縣敢壯山的歌圩必先舉行布洛陀祭祀儀式的習俗非常相似。廖江三月歌圩先祭龍母的習俗在清代文人韋豐華的《廖江竹枝詞》中也有記載：

> 胙頒真武喜分將，
>
> 食罷青精糯米香。
>
> 忽漫歌聲風外起，
>
> 家家兒女靚新妝。

詩中所說的「胙」是指祭神的食品，「真武」是龍神，即龍母和「掘尾龍」，「胙頒真武喜分將」是描繪趕歌圩的人祭祀龍母並分食五色糯米飯等祭品的歡樂情景。

這一習俗在所有的龍母文化圈內是最獨特的，至今壯鄉仍有「三月三」趕歌圩的傳統。藍多民曾於 2006 年 4 月的「三月三」到上林縣石門鎮參加「三月三歌圩」。據藍先生描述，當年來自上林、賓陽、馬山和來賓四個縣的歌手參加了以「唱龍母」為主題的民歌比賽，大概有五萬群眾參加歌圩活動，很

是熱鬧。

同是紀念掘尾龍，漢族方式有所不同，一般各家不設祭，而在蒲廟中祭祀。在壯漢分布交界地區，也有壯人入廟祭拜。但壯人不自己立廟，而是在家和墳頭祭拜。可見掘尾蛇和掘尾龍祭拜儀式不同。再一點是，「三月三」是壯人全民慶祝的節日，而漢族的上巳節已經少有慶祝或者只有一部分人還在慶祝。

2. 源於龍蛇崇拜的飲食民俗

壯族「三月三」掃墓時要吃五色糯米飯，這一習俗也起源於龍母文化。關於五色飯的來歷，壯族民間有兩種說法，一種說法是龍母養了五條小蛇，另一種是說龍母撫養的「掘尾蛇」的皮膚是五種顏色的。因此大家在祭祖掃墓時都以五色糯米飯作為主要祭品，久而久之就形成了吃五色糯米飯的習俗。

環大明山地區的壯人還有一個獨特的民俗：忌諱吃蛇和殺蛇。一些受外來人影響的年青人殺蛇、吃蛇都會受到老年人的責罵。他們傳說吃蛇會遭到災難的報應，在家煮蛇的話煙塵落下會中毒。據梁庭望先生介紹，他在家鄉馬山十多年，從未見過人們吃蛇，人們見到蛇或者避開，或者驅趕，從不將其打死。這一民俗與西江流域的民眾以蛇為佳餚大相徑庭，只有沿江的部分疍家人的風俗與大明山地區的壯族民俗相同。所以有一些民俗專家認為，只有大明山地區的壯族人和沿江的疍家人才是真正的「龍的傳人」。

3. 源於龍蛇崇拜的建房「安龍」習俗

在環大明山地區的壯族人有一個建房上橫樑時的「安龍」習俗，壯族人把橫樑看成是禿尾龍「特掘」的化身，上樑時要舉行一個隆重的祭祀禿尾龍以求大吉的儀式，即請風水先生來定上樑的時辰，到時用紅帶子纏在橫樑中間，在梁頭貼上紅色的利市紙，抱一個公雞繞橫樑一周，然後抬梁上柱頭安放並燃放鞭炮。壯族人認為這樣「安龍」後，房子才會牢固安然。

4. 源於「特掘」斷尾的養禽畜剪尾巴習俗

在龍母故事中，傳說小蛇被剪掉尾巴才長大成龍，因此環大明山地區的農村飼養禽畜都喜歡剪掉尾巴，這一習俗沿襲至今。從外面買回家的豬、鴨等，要把尾巴或尾巴的毛剪去，認為這樣禽畜才能去掉野性，才能快快長大，成為自己家裏的一個成員。

5. 源於斷尾的壯族婚禮習俗

至今不少地方壯族婚禮中，新娘到行至新郎門外，新郎家便從門口拉一長條紅布到門外，讓新娘從紅布上走過，紅布隨之捲起，意思是斷新娘後路，永遠安心夫家。這其實是斷尾之意。歷史上，宋代豪門有「入僚」之俗，新郎在半路設寮房，新娘到此處停留一段時間，新郎在這裡制服新娘，甚至要殺一兩個侍女，待制服了新娘，才帶她入新郎家。意思是在寮房斷新娘後路，亦取「掘尾」含義。

可見，大明山地區的蛇崇拜和龍母崇拜已經深植於鄉村和群眾的日常生活之中，這一現象在西江流域其他地區並不多見。

第三節　壯族原生型民間宗教中的蛇文化遺存

宗教學界關於宗教的分類，有多種說法。其中比較常見的，一種是從發生學的角度，將宗教分為原生型（原生性）和創生型（創生性）兩大類，前者是自發產生的，後者是宗教家創建的；一種是從進化論的角度，將宗教分為氏族－部落宗教、民族－國家宗教和世界宗教；一種是從社會學的角度，將宗教分為民間的巫教和制度化的宗教。此外，還有原始宗教與人為宗教，多神教和一神教，自然宗教、倫理宗教與普世宗教，自然宗教、神學宗教、道德宗教、傳統宗教與新興宗教等許多分法。標準不同，分類也不同，都具有相對的合理性。牟鍾鑒參照上述的分類法，提出壯族原生型民族民間宗教的說法，將壯族師公教、麼教納入其中。〔註5〕

一、龍母廟遺存

環大明山地區龍母廟的分布有一個特點：在每一條發源於大明山的河流出山的河口處或兩河的匯合處幾乎都有龍母廟，特別是在武鳴縣大明山南麓和東江、西江沿岸最多。因此清代的《武緣縣圖經》記載「龍母廟，縣境鄉村多有之，祀秦女溫夫人」。環大明山地區是西江流域龍母文化遺存最密集的地區。環大明山地區在河口處或兩河的匯合處建龍母廟的習俗之所以盛行，我們分析主要原因是因為環大明山地區的河口處或兩河的匯合處地形和水文條件特別，風雨無常，山洪頻發，壯族是稻作民族，生產和生活深受風雨和

〔註5〕牟鍾鑒、劉寶明主編：《宗教與民族》第四輯，宗教文化出版社，2006 年 3月第一版，第 221 頁。

洪水的影響，所以對主宰風雨和洪水的神靈特別尊崇，自然會在這些地方興建龍母廟。另外，壯人多信仰萬物有靈，他們相信「在三條河水匯合的地方，一定有神社；在三條路匯合的地方也一定有神社，」（《布洛陀經詩・贖稻魂經》），瞭解壯人這一傳統觀念就可以理解壯族人在河水匯合處建龍母廟的習俗了。

目前經田野調查證實該區域有20多個龍母廟或龍母廟遺址以及4個龍母村。2006年4月至2007年2月期間，筆者曾三次到大明山地區進行田野調查，走訪了該區域目前僅存的5個龍母廟及若干個龍母廟遺址。

（一）現存龍母廟

1. 羅波廟

羅波廟壯語叫「廟佬僕」，「佬僕」意即「年長的老祖母」。該廟位於武鳴縣羅波鎮的羅波潭邊，是目前環大明山地區最為著名的壯族龍母廟。現存的主建築建於清代光緒二十五年（1899年），原來有三進，現在我們所見的只有兩進。原有的神像已於民國期間被毀，現在的神像是1999年當地群眾自發捐資重塑的。現在供奉的神祇比較多，除了「佬僕」（即龍母）、岑瑛這兩個壯人的神靈之外，還奉有漢人的神靈，如神農、觀音、關公、岳飛、土地等。據守廟的老先生介紹，原本佬僕神像是與岑瑛一起位於主位的，後來移到廟裏一進的左側，與觀音相對。據廟祝介紹，岑瑛被認為是掘尾蛇特掘的轉世化身，因此據於主位。廟旁的羅波潭傳說是掘尾蛇特掘藏身的龍宮，也是禿尾龍為養母淨身停棺的地方，每年的三月初三，禿尾龍就是從這裡飛上大明山為龍母拜山的。

2. 起鳳山神廟

起鳳山神廟位於武鳴縣城廂鎮夏黃村香山河邊，在起鳳山的東南側山洞的岩壁上，刻著一個「婭僕」（即龍母）的石刻神像，神像面部圓潤，神態慈祥，非常逼真。從岩石的風化程度看，神像的雕刻年代應當很久遠。非常可惜的是，筆者2007年1月再次到神廟時，卻發現婭僕石刻像已經被兩尊新塑的飛天仙女像所遮掩，而整個神廟也完全被打造成供奉觀音等漢族神靈的廟宇，原來的壯文化氣息已經蕩然無存。

3. 水陳峰天地廟

大明山水陳峰天地廟廟址下的小路是古代思恩府通往上林西燕的古道。

原廟早已被毀，現有的廟宇是前些年當地群眾在原址上所建的小廟，供奉天公、地母和聖君。據當地師公講，天公就是雷王，也就是後來的玉皇大帝；地母就是乜特掘，即龍母；聖君就是大明山龍神禿尾龍特掘。

4. 明山廟

武鳴縣陸斡鎮韋楊村村邊的水庫壩首邊，有個明山廟。原址早已被毀，近年來村民在原址處建了一個小廟。據當地村民講，明山廟是從廟口屯大明山神廟分出來的子廟。主神也叫「乜囊」，即母娘。傳說大明山神廟天井有一株芋頭，長了 99 個小芋，人們移植了一株小芋到韋楊村建了一個分廟，廟名便叫明山廟。

5. 英俊村感應廟

武鳴縣兩江鎮英俊村感應廟是兩江鎮規模較大的龍母廟，解放以前，每逢祭祀日便有上萬人趕來參加祭祀活動。廟裏供奉的主神漢名叫明山「感應大王」，壯語為「婭僕」。原廟址在大明山銅礦峽谷裏，清代前過路的客商都要到廟裏進香求拜。後來，洪水把深山廟裏的橫樑沖到河口位置，人們就在橫樑被沖到的河口位置建起了現在的感應廟。

（二）龍母廟遺址

2005 年至 2007 年間，謝壽球根據古籍記載，進行了多次的田野調查，在大明山地區發現了十幾個龍母廟遺址，其中主要的如下：

1. 廟口屯大明山廟

在馬頭鎮全曾村廟口屯大明山腳下，有個龍母廟遺址，該廟清代叫大明山廟，又稱紂王廟、韋厥廟。據當地群眾介紹，大明山廟壯語原叫「廟佬僕」，所供奉的廟中主神壯語叫「佬僕」。大明山廟的名字是清代思恩府知府李彥章改的，神像在民國十七年（1928 年）被當局的鄉政府搗毀，廟宇建築在 1950 年被拆。筆者 2006 年 11 月到此廟址時，發現遺址僅留有一些殘破的基址和 4 個石柱礎，其中一件圓形石柱礎，直徑 7 釐米，厚 26 釐米。上面與周圍琢磨加工光滑平整，底部保留有原石面。據鄭超雄等考古專家鑒定，該石柱礎的加工風格與上林智城垌唐城發現的石刻相近似，應是唐代文物。此外，廟址內還發現了唐代布紋瓦，說明此廟至少在唐代已經存在，據現有資料來看，該廟址是嶺南地區目前最早的龍母廟遺址。從這個廟到羅波鎮羅波廟之間的溪流兩岸是廣西歷史上著名的廖江歌圩，歷史上曾舉行過唱戲十多天的祭祀

龍母和搶花炮活動。據在 1949 年前參觀過歌圩活動的黃全安先生回憶，參加活動的群眾有數萬人。時至今日，每年的農曆三月初三和八月十五大明山神廟都盛行抬龍母遊行以祈求風調雨順、五穀豐收的習俗。

2. 婭坰神廟

城廂鎮大同村位於武鳴縣東江和西江的匯合處，壯語名叫「婭坰」，是阿婆坰的意思。婭坰廟原址在現今的縣交通規費徵收稽查辦公室所在地，據當地老人講，當時廟旁有一株巨大的榕樹，廟的規模比較大，有三進廟房，兩邊還有廂房。廟裏供奉的龍母壯話名叫「婭僕」。在民國毀廟運動期間，群眾把龍母神藏到街上居民家裏，神像才保留了下來。後來每年農曆三月初三祭祀唱戲搶花炮時，都舉行盛大的請龍母回廟的遊神活動。

3. 龍母村龍母廟

武鳴縣兩江鎮龍母村的龍母廟的原址現在是村中五保老人麥兆輝的住宅。據當地人介紹，原廟裏的龍母是一個手把蛇撫摸的老太太形象。如今廟已無存，只殘留了一些石柱礎和龍柱。

4. 大明山靈感大廟

靈感大廟的廟址在馬山縣古零鎮裏民村內感屯大明山腳下的拉感洞邊，廟裏供奉的主神「婭僕」即大明山龍母。當地傳說講，古時候一陣龍捲風從大明山上把一張竹席捲到內感屯的拉感洞邊，人們認為這是大明山龍母顯靈，於是就在這裡建起了龍母廟。

此外，大明山地區比較有名氣的龍母廟和龍神廟還有武鳴縣兩江鎮合簮村坡簮屯的達公廟、雲川村拉敢屯的達僕廟、培群村碩板屯的婭僕廟，上林縣塘紅鄉石門村敢仙洞的天地廟、明亮鄉亭亮舊圩的婭僕廟、西燕鎮淥戶屯的高僕廟、大豐鎮靈威村的龍骨（即特掘）廟、巷賢鎮周富村的龍骨（特掘）廟、六聯村樊村屯的大廟、三里鎮的羅波廟，以及賓陽縣思隴鄉的勝龍廟等。

與西江中下游在官方的影響或直接斥資建立的龍母廟不同，以上提到的壯族地區各處龍母廟都是民眾自發修建，是純粹的民間行為。

二、師公教神靈中的龍母及麼教中的蛇形象

1. 師公教神靈系統中的龍母

師公教是廣西壯族地區，尤其是桂中地區的壯族鄉村民眾普遍信仰的一種壯族原生型民間宗教，它是壯族傳統文化和民俗形態的母源之一，是壯族

傳統文化中具有相對穩定性和共同性的部分。壯族師公教構築了一個龐雜的神靈系統，各地師公有「三十六神七十二相」的說法。在這個系統中，以唐葛周三將真君為主神，稱為祖師神；其餘名目繁多的神靈則大體分為道教神、佛教神、土俗神和屬於萬物有靈觀念支配下而創造的神靈等四大類。〔註6〕

　　神靈系統中的土俗神靈大都是從本民族文化中生發出來的，它們或來源於本民族的遠古神話和原始信仰，如布洛陀、花婆、布伯等；或是本民族歷史傳說人物的神化，如莫一大王、甘王、達梅等；或有少數神靈來源於已經壯族化或對有功於壯族人民的漢族歷史人物，如武婆、孫千歲、梁相等，也可以歸入土俗神的行列。梁庭望先生先生經過考證，證實「七十二相」行列中排在42位的「老奶」即來源於壯民族遠古神話和原始信仰的龍母。從排名上看，其地位遠遠高於來源於道教系統和佛教系統的神靈，前者如張天師、玄天鎮武、趙鄧馬關四帥、四值功曹、三清等，後者如釋迦佛、牟尼文佛、羅漢、觀音等。值得注意的是，這兩類神靈雖然分別是從道教和佛教吸收而來，但壯族師公教並不是將之完全照搬，而是經過了一番改造與重構。例如在道教系統中最為尊貴的三清天神，到了民間師公教系統中只能屈居「七十二相」行列，排名65、66、67，已然變成了民間師公教的普通神靈。又如，釋迦牟尼原本是佛教的創始人，被尊為佛陀，但在壯族師公教中卻被一分為二，變成了「釋迦佛」和「牟尼文佛」兩個神，全然被當作普通的神靈看待。〔註7〕

2. 壯族麼經布洛陀中也有關於南海圖額（蛟龍）的記述，這個部首領不得了，且看《狼麼再冤・狼麼哉王曹科》（誦王曹篇章）〔註8〕：

> 三界三王置，四界四王造。
> 太陽東方升，落日在西方。
> 造就當地人，少婦生九女。
> 賣三個吃銀，嫁五個吃錢。
> 只有小女兒，會刺繡編織。

〔註6〕楊樹喆：《師公・儀式・信仰——壯族民間師公教研究》，南寧：廣西人民出版社，2007年4月第一版，第125頁。

〔註7〕楊樹喆：《師公・儀式・信仰——壯族民間師公教研究》，南寧：廣西人民出版社，2007年4月第一版，第131頁。

〔註8〕張聲震主編：《壯族麼經布洛陀影印譯注》第四卷，廣西民族出版社，2004年，1314～1320頁。

父要嫁吃銀，小女不願嫁。

母就罵喋喋，父就罵連連。

見鴨來就打，小女兒連怨。

逃去峒割菜，逃去田割草。

兩手割把菜，菜筐掛胸側。

割菜得一把兩把，割草得一筐兩筐。

黃昏日朦朧，小女退腳回。

見平展石板，坐上面怨命。

見鯖魚相纏，魚鱗真好看。

想要鯖魚做丈夫，鯖魚就答應。

我做你的頭一個丈夫，我做你的小情人。

女的就回話，你就變身上乾處。

鯖變身上岸，黑暗中玩耍。

問要梳篦巾，女給梳篦巾。

相聚到半夜，女才回茅屋。

小夥跟著到，點燈來相戀。

吹笛子悠悠，父母罵連連。

娘話語惡毒，小夥十六就來戀。

小夥就問話，剛才說什麼？

女孩就回答，你藏曬臺下。

若孀娘開織布機，若我伯母開衣筐。

若我父母已入睡，你就來相會。

小夥即聽話，躲在曬臺下。

女去塘邊跟他坐，孀娘就開機。

伯母就開筐，父母就入睡。

小夥爬上來，鑽姑娘蚊帳。

兩人同講古，被父母聽見。

母親就發問，誰講話臥房，

講吱喳帳裏？女兒就回話，

我睡自囈語。小夥就開言，

相會多惹禍。我跳窗回家，

去河邊玩耍。母親去田峒，

見蟒蛇相纏，娘她又嘮叨。

有條梳篦帶，與那蛇相纏。

入夜小夥來，與小女同睡。

半夜與女住，同睡到半宵。

你父知實情，蛇講河溝來。

我是海蛟龍，要回海裏去，

我要走泉水。女的回應說，

晚上你陪睡，半夜你陪眠。

跟我住三夜，陪我睡三晚。

我已懷身孕，我懷蛟龍子。

你要回大海，也不說一聲。

小夥答應說，若是生女兒，

就當男兒養。若是生男兒，

讓他當大王。弓放烘籃上，

箭在碗櫃上，男兒生下來，

讓他接弓箭……

這段經文講述了蛇化龍，龍管理南海的故事，便是特倔龍的身影。龍在中國是中央王權的象徵，表示中國中央王權已經掌控南海。其中包含幾個重要信息：

一是圖額（蛟龍）部落聯盟對其圖騰有神秘的意念，認為它能偶變化為小夥子，與姑娘熱戀成雙，生下小蛟龍。實際是從側面反映了圖額（蛟龍）部落聯盟的社會生活；

二是對圖額（蛟龍）的威力的敬畏，它可以變化為鯖魚，也可以變化為蟒蛇，還變化為俊俏的小夥子，可以隨時上岸和歸海；

三是反映了圖額（蛟龍）居於南海，儼然是南海的主子，從側面反映圖額（蛟龍）部落聯盟對南海的主宰權；

四是通過生兒子可以當王，確立了圖額（蛟龍）部落聯盟對南海主宰權的延續，並用弓箭保衛南海。

宗教經典與一般文藝作品不大相同，文藝作品可以幻想，可以誇張，可以隨意增減角色，可以是人間苦難的倒影，宗教經典雖然也有幻想和誇張，

但一般而言都有一定的依據，然後才給予一定的誇張。其後面是現實的存在。伊斯蘭教《古蘭經》就是如此，它是先知穆罕默德的箴言彙集，每段都有來源，並且成為信眾的共同信條。《壯族麼經布洛陀影印譯注‧狼麼再冤‧狼麼哉王曹科》所反映的實際是駱越方國的圖額（蛟龍）部落聯盟對南海的主宰，是對南海主宰的注腳，與《漢書‧地理志》（下）應劭注：「（越人）常在水中，故斷其髮，文其身，以像龍子」的記載互為注腳，互相映照。

3. 麼教掛圖中的蛇圖形

麼教是壯族社會歷史上的民族原生型宗教。麼公在做法事時，常懸掛神圖，即神像軸。其中有一幅神像軸圖示，在姆六甲的左右排列著壯族民族時代十二大部落的代碼——圖騰畫像。畫像當中的「圖額」，在一般古籍中譯為蛟龍，認為其主體是鱷，兼融合蛇、犀牛、河馬等形象，但在麼教神圖中，卻是蛇身，可見蛇才是其主體。這卷圖騰畫像反映了在氏族部落時代的部族爭戰中，比較強大的蛇部兼併了鱷部、犀牛部和河馬部，故其身上兼有這些部落的圖騰。

第四節　壯族地區的蛇文化考古遺存

從已出土的考古材料看，壯族先民很早就已經產生了崇蛇習俗，進而將蛇的形狀予以具象化，刻製在一些物品上。

大明山麓的馬頭鎮、羅波鎮、兩江鎮和陸斡鎮是龍母文化的分布區。迄今為止，該區域擁有廣西地區最為豐富的先秦考古文化，是西江流域歷史上最早的龍蛇圖騰崇拜的地區之一。武鳴縣全蘇勉嶺、馬頭鎮那堤村敢豬岩、元龍坡商周墓群、安等秧戰國墓、岜馬山商代岩洞葬、獨山戰國岩洞葬等考古發現，以無可辯駁的歷史事實說明：環大明山地區都存在著豐富的龍母文化遺存、遺址。如商周時期的船型墓、蛇形圖案、蛇形玉雕飾，唐朝時期龍母廟的柱礎，明朝時期的蛇形石雕刻，清代縣志記載的龍母村、龍母廟遺址等，從商周歷經唐、明、清，自成體系，發展脈絡清晰可尋。

環大明山地區的龍母文化遺存這樣深厚和它悠久的歷史文化有密切關係。據考察，大明山地區在新石器時期距今 4000～10000 年，從對武鳴縣岜勳貝丘、蠟燭山、敢鳳洞、潭王坡等新石器時代遺址及大明山西坡山腳兩江鄉三聯村獨山屯石鏟、大明山東坡山腳西燕鄉江盧村米江新石器時代遺址等

處考古發現，遺址有大量螺殼、蚌殼、動物骨骸化石堆積物及紅燒土、草木灰、石器、骨器、夾沙陶片出土。說明早在 4000 年前的新石器時代大明山一帶即是人類的重要生衍繁殖之地。

一、墓葬中的蛇形象

大明山西南麓的兩江、馬頭、羅波、陸斡一帶在先秦時代是壯族先民駱越族的一個大聚落，這一地帶出土的先秦時期的文物是嶺南地區最豐富的。上個世紀 80 年代這裡陸續發現了元龍坡商周墓群、安等秧戰國墓、岜馬山商代岩洞葬、獨山戰國岩洞葬等遺址，從這些古遺址出土的大量青銅器可以斷定，這一地區在商代就產生了燦爛的青銅文明，直到現在兩江鄉仍有銅礦區。

1. 元龍坡商周墓群

在馬頭鎮東北約 500 米的元龍坡上，1985 年至 1986 年發掘，共清理 350 座墓，整個墓地約有 500 座墓以上。出土器物 1000 多件，青銅器最多，另外還有陶器、玉器、石器。據碳十四測試，其最早年代為商周，最晚年代為春秋時期。出土的青銅卣、盤屬禮器類器物；墓內還出土有 6 套鑄造銅器的石範，證明在商周時期大明山地區已有青銅鑄造業；另外還出土有 2 枚銅針，專家認為這是我國迄今為止發現最早的針灸用針。

2. 安等秧戰國墓

在元龍坡墓地西南面約 1.5 公里。1985 年發掘，共清理 86 座墓，出土文物 205 件，其中青銅器 86 件，鐵農具 1 件，陶器 54 件，玉石器 54 件。有一件銅片用麻布包裹，這是嶺南地區發現的最早的麻布實物。出土的陶器，大部分有刻畫文字符號。

3. 岜馬山商代岩洞葬

位於陸斡鎮覃內村岜馬山，1986 年發掘，共有 5 座墓。出土文物 95 件，有陶器、石器、玉器，出土的石戈是當時的權力標誌。

4. 獨山戰國岩洞葬

位於兩江鎮三聯村伏幫屯獨山上，1986 年發掘。出土文物 15 件，主要是青銅器，有劍、鉞、戈等，另外還有陶器、玉石器。

二、出土文物中的蛇形象

環大明山地區出土的很多文物都與壯族先民的蛇圖騰崇拜習俗有關。

1. 銅鼓上的雲雷紋

雷雲紋本是中原銅鼎的紋飾之一，但在駱越人鑄造的銅鼓上卻變成了密密麻麻的地紋，而雲雷紋本有方形和圓渦形兩種，到壯族地區後只剩下圓渦紋，其形狀像盤身的蛇，顯然是受到蛇崇拜的影響。

2. 飾蛇紋的牛首提梁卣

在馬頭鎮全蘇村勉嶺出土，與中原商代的提梁卣器形相似，但蛇形紋飾卻帶有濃鬱的南方色彩，是貴重的祭祀禮器。貴重禮器的出現，說明當時已進入方國時代。

3. 蛇形圖案

元龍坡出土的一個銅盤上有變形的蛇紋圖案，一件石範上，刻畫有兩蛇相背的圖案，蛇的首尾各捲曲成橢圓形狀。在岜馬山出土的一件陶紡輪上也有類似的圖案，但其線條採用鑿點連成整體圖形，密密麻麻的鑿點無疑是蛇鱗的象徵。石範和紡輪都是重要的生產工具，在這些重要的生產工具上的蛇圖案，說明蛇是古時大明山地區壯族先民崇拜的圖騰。

4. 蛇形玉雕飾

元龍坡 316 號墓發現的玉雕佩飾，是該墓地發現的惟一的一件玉雕，工藝非常複雜精細。玉雕佩飾呈橢圓長形，通長 8.4 釐米，最寬 2.50 釐米，厚僅有 0.2 釐米。通體磨製光滑，潔白細淨，紋飾採用鏤空、琢磨、切割等工藝。在約 20 平方釐米的面積上鏤空四個圓形或橢圓形孔眼，每個孔眼都有獨立的個性造型，由這些不同的個性造型組成協調的畫面。從整體看，中間孔眼呈橢圓形又拖長條尾狀，似蛇蜷曲之象，兩側的圓孔又似某種兇猛獸類的眼睛。考古學家鄭超雄認為，這是高度圖案化的蛇形象。〔註9〕

這些龍蛇圖騰崇拜的文物都是廣西目前發現的最早的龍蛇圖騰崇拜文物。鄭超雄認為，這些文物的出土向我們透露了商代的環大明山地區確實存在著一個以龍蛇為圖騰的強大方國的信息，環大明山龍母文化就是這一方國信仰的原始宗教。

地方志書中也有大量記載有關龍母文化的材料：龍母廟「縣境鄉村多有之，祀秦女龍母溫夫人」〔註10〕；「大明山之中幹，自鎮鉻峰而南起，昭陽迷

〔註9〕鄭超雄，覃芳著：《壯族歷史文化的考古學研究》，北京：民族出版社，2006年3月第一版。
〔註10〕黃君矩著：《武緣縣圖經·卷三》，1886年，第10頁。

昧，諸峰均秀拔絕倫。再南則謝嶺也，為縣龍發脈處，坦伏盤回十里許，突起高峰曰笠嶺」。清舉人黃君矩撰縣圖經，把大明山最高峰說是「縣龍發脈處」。此觀點是來自於民間的傳統意識。（見《武緣縣圖經・卷二》第10頁）；「笠嶺：一名黃嶺，又名大王嶺，縣東六十餘里……為武緣縣發龍之祖。高峻為諸嶺之冠。」笠嶺是大明山的最高山峰，古人把它看做是「武緣縣發龍之祖」。崇拜龍母之俗不言而喻。古人把大明山看成是「神山」、「祖宗之山」的意識表達得很明白。

　　從以上的民俗遺存、原生型宗教及考古發現遺存的考察中，我們發現大明山周邊蘊涵著豐富的蛇崇拜文化，究其原由，概因大明山獨特的自然條件所致。大明山國家級自然保護區地形複雜，峰巒疊嶂，溝谷縱橫，險峰懸崖，樹木茂密，森林覆蓋率高達93%。大明山區域氣候炎熱，光照充足，雨量充沛，年均降雨量2600毫升以上，是廣西的暴雨中心區之一，比我國年均降雨量高出兩倍多。雨水多以地表徑流或地下滲流的方式匯入江河，因此，區域內江河密布，溪流交織。獨特的氣候，充足的雨量，使大明山水系特別發達，發源於保護區境內的河流就有33條，分別匯入鬱江、黔江。豐富的森林植被和潮濕的生態環境，形成了本區域豐富的水源環境，最適於蛇類生長繁殖。生活在本區域的壯族先民們在與水患和蟲蛇作鬥爭的過程中，產生了對蛇的崇拜，逐漸發展演變形成了具有壯族特色的原生態蛇崇拜文化。

第六章　西江流域龍母文化的當代關注

第一節　非物質文化遺產保護的興起與發展

聯合國教科文組織 2003 年 10 月頒布的《保護非物質文化遺產公約》第二條第二款將「非物質文化遺產」（the Intangible Cultural Heritage）定義為：「口頭傳說和表述，包括作為非物質文化遺產媒介的語言；表演藝術；社會風俗、禮儀、節慶；有關自然界和宇宙的知識和實踐；傳統的手工藝技能。」龍母傳說屬於第一點「口頭傳說與表述」的範疇。這個公約的產生，正說明了口頭與非物質文化遺產面臨著消亡的命運乃是一個世界性問題。

全球性的人類文化遺產保護行動始於 20 世紀 70 年代，其後不斷出臺的一系列公約、宣言及聯合國教科文組織相關文件等，都是以保護全球文化多樣性為宗旨。首先，聯合國教科文組織以公約的形式確認了世界遺產，1972年 11 月通過《保護世界遺產和自然遺產公約》；2000 年 6 月通過《人類口頭和非物質遺產代表作名錄》，巴黎國際文化論壇會通過《文化個性和文化多樣性權利憲章》；2001 年 11 月，聯合國教科文組織通過《世界文化多樣性宣言》，並宣布每年的 5 月 2 日為世界文化多樣性促進對話和發展日；2003 年 10 月聯合國教科文組織在巴黎舉行的第 32 屆會議上通過了《保護非物質文化遺產公約》。

2003 年，我國簽署了聯合國《保護非物質文化公約》，開始了非物質文

化遺產保護工作。2003 年初，文化部與財政部聯合國家民委、中國文聯啟動了中國民族民間文化保護工程，這項由政府組織實施和推動的旨在有效保護珍貴、瀕危並具有歷史、文化和科學價值的民族民間傳統文化的大型系統工程，計劃用 17 年的時間，分三個階段實施，確保到 2020 年使我國珍貴、瀕危並具有歷史、文化和科學價值的民族民間文化的到有效的保護，初步建立起比較完備的中國民間保護制度和保護體系，在全社會形成自覺保護民間文化的意識，實現民族民間文化保護工作的科學化、規範化、網絡化。

加強國際協作與交流，共同維護世界文化多樣性是近年來傳統文化遺產保護運動的一個新話題。2000 年 4 月，聯合國教科文組織正式啟動「人類口頭無形文化遺產代表作」項目的申報和評估工作。2001 年 5 月我國的崑曲藝術進入第一批《人類口頭及無形文化遺產代表作名錄》，2003 年 11 月我國的古琴藝術又順利進入第二批《人類口頭及無形文化遺產代表作名錄》。

近年來，我國文化部與聯合國教科文組織在無形文化遺產保護領域的合作得到進一步加強，先後合作開展了「人類記憶」、「亞太傳統文化保護數據庫」等項目。納西族的《東巴經》也被錄入「人類記憶工程」。

2005 年 3 月，國務院辦公廳發出《關於加強我國非物質文化遺產保護工作的意見》，明確指出：非物質文化遺產與物質文化遺產共同承載著人類社會文明，是世界文化多樣性的體現。我國非物質文化遺產所蘊涵的中華民族特有的精神價值、思維方式、想像力和文化意識，是維護我國文化身份和文化主權的基本依據。加強非物質文化遺產保護，不僅是國家和民族發展的需要，也是國際社會文明對話和人類社會可持續發展的必然要求。

2005 年 6 月 10 日、11 日，在北京召開了全國非物質文化遺產保護工作會議。國務委員陳至立出席會議並強調，要高度重視非物質文化遺產保護工作，圍繞非物質文化遺產代表作名錄體系建設，加快建立有中國特色的非物質文化遺產保護制度。13 日，《光明日報》刊登了文章指出，非物質文化遺產保護是文化生態保護的百年大計，我國非物質文化遺產保護將納入國家戰略。20 日，文化部發出《關於申報第一批國家級非物質文化遺產代表作的通知》，文化部組織有關專家對全國 31 個省、自治區、直轄市及相關部門推薦申報的 1315 個項目進行審議，評審委員會根據其價值進行認真評審和科學認定，提出第一批國家非物質文化遺產名錄推薦項目。在第一批國家非物質文化遺產名錄 501 項推薦名單中，少數民族非物質文化遺產項目為 165

種，占 33%。

　　2005 年 12 月，國務院下發通知，專門成立了由 15 個部門組成的國家文化遺產保護領導小組，並決定從 2006 年起，每年 6 月的第二個星期六為中國的文化遺產日。2006 年 6 月 10 日是我國第一個「文化遺產日」，主題為「保護文化遺產，守護精神家園」。

　　2006 年 5 月 20 日，國務院公布了第一批國家級非物質文化遺產名錄 518 項，標誌著我國非物質文化遺產保護工作進入了一個新階段。自 2001 年以來，中國已有崑曲、古琴藝術、新疆維吾爾木卡姆藝術，以及與蒙古國共同申報的蒙古族長調民歌先後入選聯合國教科文組織「人類口頭和非物質遺產代表作」，是擁有代表作數量最多的國家。

　　2007 年 5 月 24 日，非物質文化遺產國際論壇在成都召開，數十位國內外專家發表世界上第一個國際性非物質文化遺產保護宣言——《成都宣言》，以喚起全世界對非物質文化遺產的關注，保護和促進世界文化的多樣性。宣言中，來自中國、意大利、法國、英國、韓國、愛沙尼亞等國的 37 位專家共同表示，非物質文化遺產正面臨著被現代文明衝擊和被世人遺忘的嚴峻形勢。宣言號召各國通過教育讓年輕人懂得珍惜非物質文化遺產。宣言說，非物質文化遺產是每個民族古老的生命記憶和活態基因，是確定文化特性、激發人類創造力的重要因素。

　　現在越來越多的國家和地區都意識到對民俗文化等非物質遺產保護的重要性，各個國家都積極申報世界口頭與非物質文化遺產，在本國內部也將一些瀕危文化列入保護對象。目前我國也正在推動實行民間文化的保護和搶救工程。

第二節　作為非物質文化遺產的生存處境

　　龍母傳說在今天已經擁有兩套單向干擾的傳播途經，即文本化傳播方式和口頭傳播方式。前者對後者的干擾是決定性的。文本化傳播在今天這個傳媒時代具有絕對的優勢地位，它通過大眾傳媒在社會的各個層次間廣泛傳播。在時空幾乎已經被壓縮在同一個平面的社會裏，人們接受的各種信息只能是單調和迅捷的複製，相反，口頭傳播在無窮無盡的複製文本面前已失去了生動性和可信度。在這個時代裏，作為中國口頭文化遺產之一的龍母傳說

面臨著消亡的命運,因為它傳承了數千年的傳說主體正在被傳媒和商業所顛覆,致使其基本模式將完全被「解構」。這不僅是龍母傳說這一個案的厄運,也不僅是中國民間傳說所獨有的現象。

口頭傳播是民間故事與傳說最生動、最持久的生存方式,但是隨著現代社會商業化和現代信息全球化的深入發展,我們從未經意過的口頭方式面臨著消解的危機。一向依賴口頭傳播方式生存的民間傳說無疑要在這場危機面前迷失方向甚至失去其立足之地。為什麼在商業無所不為、科技無所不能的今天,古老的傳說會走向消亡之路呢?我們認為至少有以下幾條重要原因:

一、民俗理想的失落

在商業化時代,對物質的崇拜心理已經將對精神的依戀之情遠遠拋在後面。丹麥未來學家沃爾夫·倫森曾預言的「在人類經歷了狩獵社會、農業社會、工業社會和信息社會之後,將進入一個以關注夢想、歷險、精神及情感生活為特徵的夢幻社會」。這個夢幻社會至今還沒有到來。拜物心理其本質是不容浪漫的,務實作風與古老傳說的精神兌現具有與生俱來的衝突。所以生活於商業夾縫中的現代人對傳說並沒有一種親和感,當商業本位統攝人們的心理與生活之時,不僅新傳說的誕生已成為不可能之事,就連對舊傳說的認同也難以實現。在農業時代,民俗理想的核心是家族繁衍和個體道德的提升。而今這些傳統的理想都在物質誘惑面前氣息衰微了。當然,新的民俗理想還會不斷地潛生暗長,不過,這些新的民俗理想與傳統的口頭傳說已經沒有共同語言了。

二、鄉村閑暇生活背景的消失

傳說與故事的口頭傳播總是需要一定的閑暇時間作保證,但這種閑暇並不是生活品質提高後的產物,相反,在低生產力水平下、在民俗理想的驅動下,鄉村中富有經驗的村民的精神創造成了傳說滋生與傳播的源頭。在現代社會中,這種閑暇生活的背景已完全消失,即使比較落後的鄉村,因為沒有民俗理想的支撐,所以傳說也無法獲得傳播與更新的好機會。同時,傳統社會的大家庭與大家族都已瓦解,因而,代代相傳的口承機制更是無蹤無覓了。

三、數字化傳播對傳說特徵的影響

古老傳說的地域性特徵十分明顯,那是受制於古代落後的傳播手段之結

果。但是數字資源時代幾乎使人們失去了距離感，所有信息都會在極短的時間內被複製與傳遞，傳說形態的異相特徵失去了存身的可能。正因為如此，我們的民族似乎很難再有新的傳說誕生了，而古老的傳說也被篡改得面目全非，只有少數民族或相對偏遠的地區還保有比較多的故事與傳說。

口承方式被時代所剝奪，依賴其生存並發展的龍母傳說也不能擺脫這種被貶斥的尷尬命運。目前，在如何充分發掘、利用本地的特色民俗文化資源這一問題上，最常見的是「文化搭臺，經濟唱戲」模式。但是由於許多地方的目的是經濟，對於「搭臺」的民俗文化便只看作是個敲門磚，運用的時候一切以經濟為轉移，甚至為了迎合經濟的發展要求而歪曲、損害民俗文化，使一些原生態的民俗文化加入了一些現代的、臆測的內容，顯得不倫不類；或者人工造文化，使一些民俗文化變成粗製濫造的「俗」文化，走向了庸俗的一面。民俗文化作為非物質文化的一種，如果不能及時保護，長此發展下去，消亡就成為必然。因此如果要想發揮民俗文化的力量，首先要對民俗文化進行保護，只有把民俗文化的形態良好的保存下來，才能談到開發利用。〔註1〕

所喜的是，在西江上游大明山周邊的壯族民間社區，人們至今仍然熟悉掘尾蛇的傳說，其主要原因是「三月三」節日的存在。每逢過節，人們總要在吃五色飯、趕歌圩、或是祭拜祖先之時復述掘尾蛇掃墓的傳說，使得這個古老的傳說在壯族民間至今依然代代傳承。

第三節　龍母文化的保護與開發

民俗學家劉魁立曾指出，涉及廣大人民群眾的口頭和非物質文化的發生問題，不易像對待具體人的具體行為那樣，坐實在確定的時間和確定的地點。能劃定傳說發生的一個大致的範圍，就已經是極為難得的了。〔註2〕過去，曾經把民間敘事文學稱作「風」，風氣風落無定處，妄求坐實難上難。對於像龍母傳說這樣的民間口頭藝術創作，更重要的是從傳說的視角、用傳說研究的方法來推演作品多層積累、時代衍變的歷程。這當然需要做大量考察和探索的工作。

〔註1〕紀永貴：《董永遇仙傳說研究》，合肥：安徽大學出版社，2006年6月第一版，第313〜315頁。

〔註2〕參見劉魁立：《梁祝傳說漫議》，載於《民俗學刊》總第5期。

　　非物質文化的成果不同於物質產品，它可以同時為多數人所佔有、所享用。而像傳說這樣的民間口頭敘事，則更是廣大民眾無時不在講述，也就是時時都處在參與創作、潤飾、發展的動態過程。共同創作、共同認同、共同佔有、共同享用其成果，是民間口頭敘事文學的重要特點之一。〔註3〕在參與和享用的過程中，往往也會貼上自產的「標籤」。梁祝傳說在全國各地有不下十座墳墓、六個讀書處，董永遇仙傳說有三個流傳中心，西江流域龍母傳說也有兩處故里、兩處發源地，正是這種共同享有的結果和最好的證明。

　　在這樣的情況下，或許找出一個或幾個有更多理由的「代表處」，要比「斷定」一個確切的「原地」更為符合歷史的邏輯。分析既有的大量文獻資料、田野調查資料和多處考古發現，使我愈加堅定地認為，最早盛傳這一敘事作品的地方，大抵是西江流域的一個廣大地區。例如其中之一的大明山周邊地區就極有代表性。龍母傳說在這裡流傳久遠，家喻戶曉，保持了較為完好的原生狀態。尤其是大明山麓的武鳴、上林各縣先民自發為龍母建廟多處，這不僅是龍母傳說在環大明山地區極度興盛的結果，而且為龍母傳說的進一步散播和傳承提供了更有利的契機。民間傳說昇華、鎔鑄為地方信仰，同時還融入到民間習俗當中；信仰和習俗又為傳說的流佈助長了勢頭、增添了翅膀。所有這些條件都使我們有理由認為環大明山地區是原生態龍母傳說的一個很好的代表地域。

　　當然，這絕不是說，其他盛傳龍母傳說並認為它是在當地發生的「史實」的梧州、藤縣、悅城等地方不可以或沒有資格同樣成為龍母傳說的「代表處」。相反，正是由於梧州市和德慶縣的先見之明，很早就看到了龍母文化所蘊含的巨大的經濟文化價值，將其作為帶動當地政治、經濟、文化發展的重大工程來運作，如今的梧州和德慶早已先於大明山發展成為龍母傳說的「代表處」。目前來看，廣東肇慶市和德慶縣的龍母文化開發最為成功。德慶縣以龍母文化為龍頭，結合當地自然人文景觀，抓住廣東臨近香港、澳門、東南亞的地理優勢，充分利用當地的旅遊資源，開拓出「龍之旅」線路，將德慶悅城的龍母祖廟打造為海內外廣大「龍的傳人」尋根問祖、緬懷龍母厚德的聖地，具有很強的吸引力。肇慶市將龍母文化作為連通海外華人的一座橋樑，在他們的努力下，馬來西亞廣肇聯合會將龍母像帶到吉隆坡供奉，並且建廟進行祭拜，龍母成為海外華人與祖國親情連接的紐帶。通過龍母文化的開發

〔註3〕參見劉魁立：《梁祝傳說漫議》，載於《民俗學刊》總第5期。

與利用，肇慶市為自己贏得了極好的發展機遇。

　　地處西江上游的梧州市為打造龍母文化品牌，也做了許多卓有成效的工作。一是舉辦龍母文化旅遊節。2001 年，規模盛大的首屆龍母文化旅遊節，正式打出了「龍母文化」的品牌。2002 年的旅遊文化節期間，還發行了紀念封、明信片，提高了龍母文化節的文化含量。文化節的成功舉辦，加強了梧州與粵、港、澳的文化、旅遊和經貿交流，帶動了旅遊業的發展，提升了城市品位，同時為梧州的經濟發展提供了新的理念和文化支持。二是舉辦龍母文化研討會。1999 年和 2000 年，梧州舉辦了兩屆龍母文化研討會，一次中國梧州歷史文化研討會，邀請了兩廣的專家、學者，對梧州的歷史文化，特別是龍母文化進行考察、考證和研討，為梧州的發展提供了前瞻性的意見。三是利用「龍母太廟」拓展龍母文化產業。「龍母太廟」是梧州市級文物保護單位，市政府堅持「讓文物服務社會」的理念，在太廟舉辦龍母誕、龍母開光儀式、龍母開金庫等大型的民間活動，吸引了大量的遊客觀光。據不完全統計，2001 年至 2003 年，龍母太廟的文化產業收入就有 720 萬元。為使龍母太廟更好地適應形勢的發展，市政府投入大量資金，擴建了龍母文化旅遊景區，現在景區的參觀人數已達每年 30 萬人次，年純收入將近 800 萬元。

　　藤縣也看到了龍母文化的社會價值和經濟價值，積極開展對龍母文化的開發利用和保護工作。先是將藤縣龍母廟列為縣級文物保護單位，接著打出「龍母故鄉」的文化品牌，請專家進行考證研究，利用電視、互聯網、沿路廣告等傳播高速的媒體加大宣傳的力度。並且舉辦「龍母文化旅遊節」，以龍母文化為載體，進行旅遊、經貿洽談、文化研討活動。近年來還準備投資 2000餘萬元在藤縣潯江之畔興建龍母文化公園。

　　同時藤縣注意吸取廣東的相關經驗，充分利用德慶乃至整個廣東地區的資源帶動優勢，加大兩地的合作步伐，促進藤縣的經濟、文化大發展。從 1999年開始，藤縣政協每年都要組織幾百人的賀誕團到悅城龍母祖廟參加賀誕活動，原來完全民間的兩地交往轉為半官方形式。悅城方面也對此做出友好回應，從 2004 年起龍母誕期的沐浴儀式重新由藤縣來完成，體現出藤縣在龍母文化中不可代替的地位。2004 年 6 月 18 日即農曆五月初一龍母誕期，廣東德慶縣和藤縣四大班子簽訂了《德慶縣藤縣締結兩廣友好縣合作框架協議》，正式締結為「友好縣」並舉行文藝晚會進行慶祝。兩縣的合作提升到官方高度，開始全面推動兩縣在文化、經貿、旅遊和勞務等領域的交流互動。這既

是一個具有特別意義的創舉，也反映了傳說自身的學理本質。

西江中下游地區龍母文化的開發起步較早，也取得了突出成效。相比之下，西江上游大明山地區的開發力度較為滯後。環大明山區域龍母文化的開發緣起於南寧市委、市政府提出要進一步保護和開發環大明山旅遊圈的決策，在「開發環大明山的旅遊資源，要高度重視環大明山區域的文化問題」方針的指引下，自 2005 年起，南寧市委宣傳部及廣西大明山國家級自然保護區管理局成立了由多學科專家組成的課題組。專家深入環大明山地區各縣的鄉鎮、村屯和梧州、廣東德慶等地進行壯族龍母文化的考察，深入挖掘廣西大明山壯族龍母文化的起源、傳承，以及與西江流域龍母文化的淵源關係，為下一步開發利用龍母文化打下了堅實的學術依據。兩年多的時間裏，專家小組多次考察武鳴縣的城廂、陸斡、羅波、兩江、馬頭，馬山縣的白山、古零、喬利，上林縣的西燕、大豐、塘紅、三里，賓陽縣的賓州、思隴、邕寧區的蒲廟等鄉鎮的 60 多個村落，召開了 20 多次座談會，先後詢問和採訪了當地 300 多名幹部和老人，對 100 多個文物點進行了測量和拍照，搜集了大量的第一手材料。

總體來說，德慶、梧州、藤縣、大明山等地對龍母傳說的保護與開發的力度雖有不同，但均已做出了積極的努力，我們尚期待著各地區能大開城門、協作交流、資源共享、利益共贏，這才是謀求西江流域龍母文化大開發、大發展的光明之路。

2004 年龍母文化與劉三姐歌謠、桂劇、壯劇一同被列為廣西首批非物質文化遺產項目，對以後的保護與開發都提供了有利的條件。除了對遺址的保護，對傳說、戲曲的普查記錄外，還要進行深入研究龍母文化的歷史、文化價值，否則對龍母文化內涵的認識只停留在表面，便不能認識到龍母文化的價值，在政策和思想上重視，對其進行合理的保護與開發。龍母文化的保護將是一項長期、深入、細緻的工作。

龍母傳說在當代受到前所未有的關注，固然是因其傳說本身的魅力所致，但是多個「龍母故鄉」、「龍母發源地」在新時期對龍母超常關懷的動機並非如此簡單。通過對幾地「龍母情結」的實地考察，我們就會很容易的感受到隱藏在龍母文化背後的利益本性。在經濟驅動下開發龍母文化，使產業文化為地方文化產業提供服務，這種做法無可厚非。地方政府能為營造龍母文化提供充足的資金保證，這看來也是龍母傳說在當代最大的收益之所在。

只是，傳說本身是由民眾信仰所支撐的文化結構，如果一味地追求經濟利益來發展文化產業，而忽略了龍母傳說的主體身份，忽略了龍母傳說本身的文化意義，勢必造成龍母傳說主體性的喪失，進而造成龍母文化在市場經濟時代的悲劇命運。這就引出了一系列問題：市場經濟的時代如何處理文化與經濟的關係？為經濟搭臺的產業文化將向何處發展？不能為經濟搭臺的文化我們還需要麼？而這些問題的答案顯然目前還不得而知。

結束語　弘揚龍母文化的當代意義

　　從現代眼光看龍母文化本身還是很有意義的。首先，龍母文化蘊藏著豐厚的壯民族歷史文化信息。通過對龍母文化的追根溯源，我們瞭解到壯族先民的經濟生活、原始宗教、民情風俗等等，破解了其背後蘊藏的壯民族歷史文化之謎。

　　其次，龍母文化體現了壯漢民族「老吾老以及人之老，幼吾幼以及人之幼」的人文關懷。婭僕救助並養育了小蛇，婭僕過世後，小蛇將母親安葬，為母親守墓，每年回來掃墓，盡孝道，這正是中華民族尊老愛幼的傳統美德。

　　再次，龍母傳說是一個兼蓄並受的動態系統，除了古籍文獻記載的延續，在民間口頭的傳承更是異文紛呈。故事流佈過程中，吸收了漢族的龍文化，由小蛇化為龍子，故事情節也更加豐富飽滿。充分體現了中華民族你中有我，我中有你，多元一體，密不可分的關係。一個民族要發展，既要保護和弘揚自己的民族文化，也要善於吸收其他民族的優秀文化。

　　最後，龍母文化體現了天人合一的思想。龍母代表人類群體，特掘代表自然界，婭僕對小蛇的精心撫養，體現了人類對自己賴以生存的自然環境的愛護，尋求自身的可持續發展之路。

　　總之，龍母傳說的任何形態都密切聯繫著產生和流傳它的歷史和民族的背景，聯繫著一定歷史時期人們思維的特點、宗教信仰、民族感情及傳說的一般發展狀況，因而它們的功能也就有所差異。對於這些，我們只有進行具體的、歷史的分析，才能認識到它的一些真相，有所前進。龍母和掘尾蛇／掘尾龍的時代距我們今天已經十分遙遠，但關於龍母和掘尾蛇／掘尾龍的傳說卻並不完全屬於過去，研究這一看來古老的課題，正是為了弘揚民族文化

的優秀傳統，振奮民族精神，更好地構建我們的和諧社會。誠如很多人都有的一個共識：民間的往往真正是民族的。這種民間的代表中華民族之靈魂和精神的東西誠應得到發掘和弘揚。

參考文獻

1. 〔英〕愛德華・泰勒，連樹生譯：《原始文化》，上海：上海文藝出版社，1992年。

2. 〔美〕阿蘭・鄧迪斯著，陳建憲譯：《世界民俗學》，上海：上海文藝出版社，1990年。

3. 〔德〕艾伯華著，王燕生，周祖生譯：《中國民間故事類型》，北京：商務出版社，1999年。

4. 朝戈金：《口傳史詩詩學》，南寧：廣西人民出版社，2000年11月第一版。

5. 陳勤建：《文藝民俗學導論》，上海：上海文藝出版社，1991年。

6. 陳建憲：《神祇與英雄──中國古代神話的母題》，北京：三聯書店，1994年。

7. 程薔：《中國民間傳說》，杭州：浙江教育出版社，1989。

8. 〔英〕杜德橋著，李文彬等譯：《觀音菩薩緣起考──妙善傳說》，國立編譯館主譯，臺北：巨流圖書公司印行，民國79年3月一版一印。

9. 〔法〕杜爾幹，林宗錦等譯：《宗教生活的初級形式》，北京：中央民族大學出版社，1999年。

10. 〔美〕丁乃通，陳建憲等譯：《中西敘事文學比較研究》，武漢：華中師範大學出版社，1994年。

11. 范宏貴，顧有識編：《壯族論稿》，南寧：廣西人民出版社，1989年5月。

12. 費孝通：《中華民族多元一體格局》，北京：中央民族學院出版社，1984年。

13. 費孝通：《鄉土中國 生育制度》，北京：北京大學出版社，1998年。

14. 〔英〕弗雷澤，徐育新譯：《金枝》（上下），北京：中國民間文藝出版社，1987年。

15. 〔俄〕弗拉基米爾‧雅可夫列維奇‧普羅普著，賈放譯：《故事形態學》，北京：中華書局，2006年11月第一版。

16. 〔俄〕弗拉基米爾‧雅可夫列維奇‧普羅普著，賈放譯：《神奇故事的歷史根源》，北京：中華書局，2006年11月第一版。

17. 顧頡剛等：《孟姜女故事論文集》，北京：中國民間文藝出版社，1984年。

18. 顧軍，苑利：《文化遺產報告》，北京：社會科學文獻出版社，2005年7月第一版。

19. 葛兆光：《道教與中國文化》，上海：上海人民出版社，1987年。

20. 過偉《中國女神》，南寧：廣西教育出版社，2000年。

21. 黃瑞旗：《孟姜女故事研究》，北京：中國人民大學出版社，2003年4月第一版。

22. 黃紹清著：《壯族文學古籍舉要》，昆明：雲南民族出版社，1990年11月版。

23. 黃石：《黃石民俗學論集》，上海：上海文藝出版社，1999年。

24. 黃芝岡：《中國的水神》（第六、七章），上海：上海文藝出版社，1988年影印。

25. 何星亮：《中國圖騰文化》，北京：中國社會科學出版社，1992年。

26. 何星亮：《蒼龍騰空》，北京：中國社會科學出版社，1998年。

27. 姜彬主編：《吳越民間信仰》，上海：上海文藝出版社，1996年。

28. 江帆：《民間口承故事論》，哈爾濱：黑龍江人民出版社，2003年5月第一版。

29. 蔣明智：《悅城龍母的傳說與信仰》，博士論文，中山大學，2002年5月。

30. 金澤：《中國民間信仰》，杭州：浙江教育出版社，1995年。

31. 〔明〕鄺露著，藍鴻恩考釋：《赤雅考釋》，南寧：廣西民族出版社，1995年12月。

32. 藍鴻恩編：《壯族民間故事選》，上海：上海文藝出版社，1984年。

33. 郎淨：《董永故事的展演及其文化結構》，上海古籍出版社，2005年1月第一版。

34. 〔俄〕李福清（B.Riftin）：《中國神話故事論集》，北京：中國民間文藝出版社，1988年。

35. 〔俄〕李福清：《神話與鬼話》，北京：社會科學文獻出版社，2001年。

36. 梁庭望先生，農學冠編著：《壯族文學概要》，南寧：廣西民族出版社，1991年9月。

37. 梁庭望先生編著：《壯族風俗志》，北京：中央民族學院出版社，1987年。

38. 廖明君：《壯族自然崇拜文化》，南寧：廣西人民出版社，2002年9月第一版，2004年2月第二次印刷。

39. 〔法〕列維‧布留爾，丁由譯：《原始思維》，北京：商務印書館，1997年。

40. 林雄主編：《母儀龍德〔肇慶悅城龍母文化〕》，廣州：南方日報出版社，2004年9月。

41. 〔日〕柳田國男，連湘譯：《傳說論》，北京：中國民間文藝出版社，1987年。

42. 呂大吉：《宗教學通論新編》，北京：中國社會科學出版社，1998年。

43. 劉守華：《比較故事學》，上海：上海文藝出版社，1995年。

44. 劉守華：《比較故事學論考》，哈爾濱：黑龍江人民出版社，2003年5月。

45. 劉守華：《中國民間故事類型研究》，武漢：華中師範大學出版社，2002年10月。

46. 劉守華：《中國民間故事史》，武漢：湖北教育出版社，1999年。

47. 劉鐵梁：《村落廟會的傳統及其調整，載儀式與社會變遷》，北京：社會科學文獻出版社，2000年。

48. 劉亞虎：《中華民族文學關係史》（南方卷），北京：民族出版社，2001

年 9 月。

49. 羅世敏主編：《大明山的記憶——駱越古國歷史文化研究》，南寧：廣西民族出版社，2006 年 11 月。

50. 羅世敏，謝壽球主編：《大明山龍母揭秘》，南寧：廣西民族出版社，2006 年 3 月。

51. 〔英〕馬林諾夫斯基，費孝通等譯：《文化論》，北京：中國民間文藝出版社，1987 年。

52. 〔英〕馬林諾夫斯基，李安宅譯：《巫術 科學 宗教與神話》，北京：中國民間文藝出版社，1986 年。

53. 馬學良，梁庭望先生主編：《中國少數民族文學比較研究》，北京：中央民族大學出版社，1997 年 10 月第一版。

54. 馬學良、梁庭望先生、張公瑾主編：《中國少數民族文學史》，第 3 頁，北京：中央民族大學出版社，2001 年 2 月第 1 版。

55. 納欽：《口頭敘事與村落傳統——公主傳說與珠臘沁村信仰民俗社會研究》，北京：民族出版社，2004 年 10 月。

56. 農學冠：《嶺南神話解讀》，南寧：廣西民族出版社，2000 年。

57. 歐清煜編：《悅城龍母祖廟》，德慶縣文聯等編印（內部出版物），1996 年。

58. 歐陽若修編著：《壯族文學史》，南寧：廣西人民出版社，1986 年。

59. 齊治平校補：《桂海虞衡志校補》，南寧：廣西民族出版社，1984 年 12 月。

60. 祁連休、劉世華選編：《中國民間故事選》，北京：中國少年兒童出版社，1981 年。

61. 覃聖敏主編：《壯泰民族傳統文化比較研究》，南寧：廣西人民出版社，2004 年 4 月。

62. 丘振聲：《壯族圖騰考》，南寧：廣西教育出版社，1996 年 12 月第一版。

63. 屈大均：《廣東新語》，北京：中華書局，1985 年。

64. 容肇祖：《迷信與傳說》，廣州：廣州國立中山大學民俗學會，1929 年。

65. 〔美〕斯蒂‧湯普森，鄭海等譯：《世界民間故事分類學》，上海：上海文藝出版社，1991年。

66. 宋蜀華主編：《百越》，長春：吉林教育出版社，1991年7月版。

67. 宋兆麟：《中國民間神像》，臺北：漢陽出版社，1995年。

68. 上海民間文藝家協會編：《中國民間文化——地方神信仰》，上海：學林出版社，1995年。

69. 藤縣地名委員會編：《廣西壯族自治區藤縣地名志》，1987年。

70. 中國民間文藝家協會山東分會編印：《禿尾巴老李學術討論會論文集》，1989年。

71. 中國民間文藝家協會山東分會編印：《禿尾巴老李的傳說》，1989年。

72. 韋其麟：《壯族民間文學概觀》，南寧：廣西人民出版社，1988年11月。

73. 聞一多：《神話與詩》，北京：古籍出版社，1956年6月。

74. 烏丙安：《民俗學原理》，瀋陽：遼寧教育出版社，2001年。

75. 烏丙安：《中國民間信仰》，上海：上海人民出版社，1996年。

76. 萬建中：《解讀禁忌——中國神話、傳說和故事中的禁忌主題》，北京：商務印書館，2001年。

77. 萬建中：《民間文學引論》，北京大學出版社，2006年7月第一版。

78. 巫端書：《荊楚民間文學與楚文化》，長沙：嶽麓書社，1996年。

79. 王文光：《中國南方民族史》，北京：民族出版社，1999年。

80. 韋韌：《龍母史話與傳說》，梧州龍母管理處編印（內部出版物），1997年。

81. 向柏松：《中國水崇拜》，北京：三聯書店，1999年。

82. 蕭兵：《中國文化的精英——太陽英雄神話比較研究》，上海：上海文藝出版社，1989年5月。

83. 肖群忠：《孝與中國文化》，北京：人民出版社，2001年。

84. 許鈺：《口承故事論》，北京：北京師範大學出版社，1999年6月版。

85. 袁珂等：《中國神話資料彙編》，成都：四川省社會科學院出版社，2000年。

86. 楊樹喆：《師公・儀式・信仰──壯族民間師公教研究》，南寧：廣西人民出版社，2007 年 4 月第一版。

87. 葉春生：《嶺南民間文化》，廣州：廣東高等教育出版社，2000 年。

88. 葉春生：《嶺南風俗錄》，廣東旅遊出版社，1988 年。

89. 葉春生、蔣明智主編：《悅城龍母文化》，哈爾濱：黑龍江人民出版社，2003 年。

90. 葉舒憲：《文學與人類學》，北京：社會科學文獻出版社，1999 年。

91. 苑利：《龍王信仰探秘》，臺北：東大圖書公司，2003 年 10 月。

92. 曾昭璇：《天后的奇蹟》，北京：中華書局，1991 年 9 月。

93. 鄭超雄：《壯族歷史文化的考古學研究》，北京：民族出版社，2006 年。

94. 鍾敬文：《鍾敬文民間文學論集》（上下），上海：上海文藝出版社，1985 年。

95. 鍾敬文：《鍾敬文民俗學論集》（上下），上海：上海文藝出版社，1999 年。

96. 鍾敬文主編：《民俗學概論》，上海：上海文藝出版社，1998 年。

97. 中國科學院民族研究所廣東少數民族社會歷史調查組，中國科學院廣東民族研究所編：《廣東壯族古代歷史資料》，1966 年 5 月。

98. 張聲震：《廣西壯語地名選集》（漢文版），南寧：廣西民族出版社，1988 年 12 月。

99. 張聲震主編：《壯族通史》，北京：民族出版社，1997 年 6 月。

100. 《中華民族故事大系》，上海：上海文藝出版社，1995 年版。

101. 莊孔紹：《銀翅──中國的地方社會與文化變遷》，北京：三聯書店，2000 年。

102. 《壯學叢書》編委會：《徐松石民族學文集》（上下），桂林：廣西師範大學出版社，2005 年 9 月。

103. 宗力：《中國民間諸神》，石家莊：河北人民出版社，1986 年。

後 記

求學不易，而學有所成就更加不易。

彈指間，花開花落，已是春秋幾度。一路走來，遇到很多人也經過許多事，要感謝的人太多太多。

師恩難忘，桃李不言。

首先感謝導師文日煥先生招我入門，使我有機會接觸民族文學，學術上有了新的努力方向。求學期間，您為學生操心勞神，無論是日常學習、畢業論文的寫作還是就業問題，您都時常牽掛，不遺餘力的提攜。文先生溫和嚴謹的做人，精益求精的學術品格，以及對門下弟子在學習和生活上的關心和照顧，學生將永銘於心。

本書脫胎於我的博士論文，整篇從選題構思、資料搜集、布局謀篇、文字表述，乃至最後定稿，寫作過程中的每一步，無不凝聚著導師梁庭望先生的心血。在選題時，梁先生對於我完成這一課題寄予了厚望，但是，限於學力和精力，我未能很好地完成。因此，在致謝之前，我首先應向先生致歉。

感謝趙志忠先生，求學三年，從您這學到很多專業知識，在論文開題之時，您就從選題、立意、結構框架等多方面悉心指導，毫無保留。

讀博期間，為論文的寫作，我先後幾次赴廣西調研，謝壽球老師作為我的田野調查指導，帶著我跑遍了大大小小的龍母廟遺存，做且主動提供論文需要的各種資料；感謝羅賓老師、覃乃昌老師、覃聖敏老師、藍多民老師在百忙之中接受我的採訪；感謝羅世敏局長為我的幾次田野調查提供了諸多便利條件。

感謝阮寶娣老師、朱岩老師對我生活和工作上的幫助，感謝我的學友晉

克儉、李慧、譚紅梅、尹曉琳，謝謝你們的相伴，讓我一路走來這麼順利和快樂！

感謝一切出現在我生命中的人和事，不論他們帶給我的是喜還是悲，因為這些人和事才成就現在的我。

寫作過程中，亦參考了諸位專家、學者的相關著述，謹此一併致謝！

因本人習業不精，筆力有限，文中難免存有紕繆和不足，還望各位專家、學者批評指正，唯冀望他日，面壁克勤，彌補一二。